# 邪宗門の惨劇



吉村達也

角川ホラー文庫
21468

目次

一　金魚　五
二　卒業写真　一三
三　蟹　二七
四　蠟燭　三八
五　美女　五五
六　幽閉　七三
七　邪宗門秘曲　九〇
八　金魚を一匹突き殺す　一一三
九　疑心暗鬼　一四〇

十　恋　一六二
十一　理由　一七一
十二　詩集　一八九
十三　金魚を二匹締め殺す　二三三
十四　正体　二四一
十五　復讐　二六九
十六　金魚を三匹捻じ殺す　二八九

# 一　金魚

《こんにちわ、朝比奈さん……

あら？『こんにちは』って書くのが正しいのかしら。それとも『こんにちわ』が正解なのかしら。『は』か『わ』か迷っているうちに時間が経ってしまいました。日本語ってむずかしいですね。しばらく手紙なんて書いたことないから、わからなくなってしまいました。

え？『こんにちは』でも『こんにちわ』でも、どっちでもいいじゃないかって？いいえ、そうはいきません。だって朝比奈さんは小説家なんですもの。作家の人にお手紙を書くことが、どれだけ緊張するものか想像していただけますかしら。間違った字を書いたらきっと笑われるだろうな、などと思ったりして、なかなか先に進まないんです。

有名になられたんですね、朝比奈さんて。

ときどき新聞に新刊の広告が出ているのを見て、自分のことのようにうれしく感じています。昔の知り合いから有名人が出るというのは、なんだか不思議にワクワクするものなのです。

それにしても、『こんにちは』なのかしら、『こんにちわ』なのかしら……。ねえ、どちらが正しい書き方なんでしょう。

うちには広辞苑はもちろん、簡単な国語の辞書も置いていないから確かめられないんです。

では、他の書き出しにすればよいと思われるかもしれませんけれど、拝啓とか前略といった堅苦しい言い回しは、あなたへの手紙には使いたくありません。

なぜかって？

それは朝比奈さんが私にとって、とても懐かしい人だから。……だから、他人行儀な切り出し方はしたくなかったんです。

朝比奈さん、覚えていらっしゃいますか、私のこと。

私はあなたのことをよく覚えています。

もう十四、五年もお会いしていませんのに、なんだか、机を並べてお勉強をした日が、ついこの間のような気がしてなりません。中学校三年の秋に、父がバハマに赴任することになったため、さよならして以来なのに、私の記憶の中には、あの楽しかった日々が昨日と変わらない新鮮さで残されているのです。

それにしても、父も変わったところに転勤になったものです。父が勤めていたのは日本でも有数の時計メーカーでした。日本で有数ということは、社名の頭に『世界の』という修飾語が付いていてもおかしくないほど、世界的に知られているということです。だから、そこらの商社よりも海外事業所の数が多かったりします。

商社マンですらめったに派遣されないようなところに、営業マンやサービスマンとして赴任を命じられることは日常茶飯事。これが、世界に名だたる時計メーカーの人事の現実です。

中学校三年生の私にとって、バハマという国は、もちろん地図の上でしか知らないところでした。そして、実際に行ってみると、これがまた新鮮な驚きの連続でした。でも、その話は今回の用件とは関係ありませんからやめておきましょう。

朝比奈さん、きょうこんなお手紙を差し上げたのは、ほかでもありません。どうしてもあなたにお会いしたくなったからです。

ただし、勘違いはなさらないでくださいね。

中学のころに抱いた初恋の気持ちを、十何年も持ちつづけていた、などという話ではありませんから……

私、どうしてもあなたにお話ししなければならないことがあるのです。

ですから、十月二十三日の土曜日、夜七時に、私の家においでいただけませんか。

渋谷区松濤《しょうとう》という場所は、朝比奈さんでしたらよくごぞんじですよね。そこに私の住まいがあるのです。周りには立派なお屋敷がたくさんありますけれど、私の家はとっても目立つ造りなので、すぐにわかると思います。

洋館なのです。それも、ドラキュラでも住んでいそうな、ツタのからまる暗あい雰囲気の洋館です。推理作家である朝比奈さんの好奇心をそそるような建物ですよ。

詳しい地図は別紙にて同封させていただきましたので、それをごらんになっていらしてくださいね。

なお、うちには電話を引いてありませんので、住所だけにてごめんください。

私、電話のベルが嫌いなんです。

電話は嫌いですが、詩は好きです。

私の好きな北原白秋の、中でも五本の指に入るくらいに好きな作品を、この手紙の最後に添えておきます。

これは童謡として書かれた詩なんです。

北原白秋の書いた童謡といえば……

・雨がふります。雨がふる。遊びにゆきたし、傘はなし――の『雨』。
・赤い鳥、小鳥、なぜなぜ赤い――の『赤い鳥小鳥』。
・蟹が店出し、床屋でござる。チョッキン、チョッキン、チョッキンナ――の『あわて床屋』。
・揺籠《ゆりかご》のうたを、カナリヤが歌ふよ――の『揺籠のうた』
・海は荒海、向こうは佐渡よ――の『砂山』。
・からたちの花が咲いたよ――の『からたちの花』。
・雪のふる夜はたのしいペチカ――の『ペチカ』。
・待ちぼうけ、待ちぼうけ。ある日、せっせと、野良かせぎ――の『待ちぼうけ』。
・この道はいつか来た道、ああ、さうだよ、あかしやの花が咲いてる――の『この道』。

といったものが有名ですね。

でも、白秋の作品の中に、こんな童謡があるのをごぞんじでしたか。『金魚』という題名の童謡を。

私、この詩がほんとうに好きなんです。

朝比奈さん、秋の夜長を、北原白秋論でも交わしながら、私と過ごしてみませんか。

ただし、同伴者はお断りですから、決して他の人をお誘いにならぬよう。
では、土曜の夜にお待ちしています。
ぜひぜひいらしてね。

熊谷須磨子

「金魚」

母《かあ》さん、母《かあ》さん、
どこへ行《い》た。
紅《あアか》い金魚《きんぎょ》と遊《あそ》びませう。

母《かあ》さん、帰《かへ》らぬ、
さびしいな。
金魚《きんぎょ》を一匹《いっぴき》突《つ》き殺《ころ》す。

まだまだ、帰《かへ》らぬ、

くやしいな。
金魚《きんぎよ》を二匹《にイひき》締《し》め殺《ころ》す。
なぜなぜ、帰《かへ》らぬ、
ひもじいな。
金魚《きんぎよ》を三匹《さんびき》捻《ね》じ殺《ころ》す。

涙《なみだ》がこぼれる、
日《ひ》は暮《く》れる。
紅《あアか》い金魚《きんぎよ》も死《しイ》ぬ、死《し》ぬ。

母《かあ》さん怖《こは》いよ、
眼《め》が光《ひか》る、
　ピカピカ、金魚《きんぎよ》の眼《め》が光《ひか》る。

繰り返しになりますけれど、ぜひぜひいらしてね》

## 二　卒業写真

推理作家の朝比奈耕作が、奇妙な手紙を受け取ったのは十月二十二日の金曜日だった。

出版社との打ち合わせを終えて、夜の七時ごろ、世田谷区成城にある自宅に戻ってきたところ、郵便受けに他の郵便物と混じって、宛名も切手もない白い封筒が投げ込まれていた。

裏を返すと、ただ一行、

熊谷須磨子――

と、差出人の名前があった。万年筆でしたためられた、なかなかの達筆だった。

状況からみて、ふつうに郵便局が配達してきたものではなく、直接朝比奈宅の郵便受けに投げ入れられたものだと推測できた。

部屋の中にあがり、廊下に置かれた籐《とう》のソファに腰を下ろすと、朝比奈はすぐにその手紙の封を切った。

ごくごくありふれた白い便箋に、差出人の名前をしたためたのと同じ流麗な筆跡で、綿々と文章が連ねてある。

その内容を読み進むうちに、朝比奈の眉間に皺が刻まれていった。

どこか精神の破綻を匂わせる文面。

と同時に、まるで朝比奈の書くミステリーに出てきそうな、館《やかた》への招待状。

いたずらなのか本気なのかまるで区別のつかない手紙に、朝比奈は戸惑いを隠しきれなかった。

だが、熊谷須磨子という名前には記憶があった。この手紙にも記されているように、中学校三年のときのクラスメイトである。

正確にいえば、二年、三年と同じクラスで、彼女は三年の秋に、父親の仕事の都合で海外へ行ってしまった。そのこともはっきりと覚えている。そして、朝比奈と机を並べる隣りどうしだった時期があったのも事実だ。

しかし、なぜいまになって急に朝比奈にこんな手紙をよこしたのか。

(あさっての、クラス会と何か関係があるのだろうか)

朝比奈はいぶかしく思った。

じつは、二日後の日曜日の午後一時から、中学卒業以来ほぼ十五年ぶりにクラス会が開かれることになっており、朝比奈もそれに出席の返事を出していたところなのだ。

これは、クラスの世話やきとして慕われていた久本一郎が発起人となって呼びかけられていたもので、当時の担任だった筒井美智子という教師も招いて、風流に隅田川の屋形船を借り切って行われることになっていた。

熊谷須磨子がその会合に出席するか否かは知らないが、世話人の久本が、須磨子の現在の住所——つまり、この松濤になるのだろう——を知っていれば、当然、彼女にクラス会の案内状を送っているはずである。

すると須磨子は、クラス会が開かれることを前提として、朝比奈にだけ何か話をしておきたいことがあるのだろうか。

しかし、朝比奈と彼女とは、中学時代にとりたてて特別な仲ではなかった。たしかに机を並べたことはあるが、彼のほうから須磨子に恋心を抱いたことはなかったし、またその逆もなかった。

（どんな子だっただろうか……）

朝比奈は記憶の糸をたぐろうとした。

彼はいま二十九歳である。

だから、中学二、三年といえば、おおよそ十五年前の時代になる。その十五年の間に、朝比奈自身の私生活にも、父の死にまつわる大きな激変があったので、熊谷須磨子に関する記憶も含めて中学校時代の思い出は、ほとんど紗がかかったように霞んで見えなくなっていた。

朝比奈は籐のソファから立ち上がると、仕事部屋にしている和室の押し入れを開け、そこにしまい込んであった中学校のときの卒業アルバムを引っ張り出した。紫色の布張りカバーに金箔で学校名が押してある。その重たいアルバムを和机の上へ持っていき、朝比奈はゆっくりとした動作でそれを広げた。

もう十年以上もアルバムを開いたことがなかったから、ページを繰るたびに、独特のカビくさい匂いが、ふわっと鼻先まで漂ってきた。

過去の匂いだった。

冒頭には校長の写真、校舎の全体像、校歌、教職員集合写真などが並び、つづいて『三年間の思い出』と題して、運動会や文化祭、遠足や修学旅行などの行事の記念写真や、日常の学校生活のスナップなどが集められていた。

ランニングシャツにショートパンツ、白っぽいたすきをかけて、男子四〇〇メートルリレーのアンカーとして走っている朝比奈の姿もそこにあった。そのころから、朝比奈は陸上のトラック競技に才能を発揮していたのだ。

修学旅行は、多くの学校が京都や奈良というお決まりのコースを選ぶ中にあって、朝比奈たちの学校では、行き先が北海道だった。

たしか二年生のうちに全クラスでアンケート調査をやり、三年の修学旅行で行きたい場所ベスト3というのを選び、その結果、いちばん人気があった北海道横断旅行に決まったはずだった。そういう意味では、なかなか生徒本位の考え方をした学校だった。

アルバムに収録された修学旅行の写真の中にも、朝比奈はいくつかの場面に登場していた。摩周湖の展望台で、層雲峡の銀河ノ滝の前で、小樽の運河のほとりで、と、いろいろなところで自分の姿が写っていた。

ふだんの学校生活のスナップにも、あちこちに中学時代の朝比奈がいた。

中でも、白衣を着て、手にした試験管をもっともらしい顔で見つめているショットには、つい笑いがこみあげた。

こうしてみると、朝比奈は自分の写っている写真がずいぶん多いことに改めて気がついた。十四、五歳の素顔は、自分でいうのもおかしいが、なかなか美少年である。そのせいで、目立っていたのかもしれないな、と朝比奈は思った。

そして、これらのスナップ写真に共通していえるのは、彼が担任の筒井美智子といっしょにいる姿がやたらと多いことだった。

この担任教師は、朝比奈たちが三年に進級した年に、他の中学から赴任してきた。当時、まだ二十五、六の若さで教師としてのキャリアも浅かったのに、いきなり高校受験という大テーマを抱えた三年の担任になったのだから、ずいぶん苦労したはずである。

写真を見返してあらためて朝比奈は気づいたが、この筒井美智子という教師はなかなかきれいな人だった。

ただ、非常におとなしくて内気で、生真面目すぎるくらい生真面目な人だったので、その美しさは、あまり表立って発散されなかったような気がする。

彼女がおしゃれな服装をしていた記憶はほとんどない。

美智子の専門科目は理科だったせいか、白衣を着て校舎を歩いていることが多かったのだ。しかも、いつも髪を後ろでたばねて化粧気もなく、マジメを絵に描いたような眼鏡をかけていたので、なおさらその美貌はカモフラージュされていたようである。

だが、朝比奈はひそかにこの『担任の先生』に憧れ、なにかにつけて、そのそばにいた覚えがあった。そして美智子のほうも、そんなふうに慕ってくる朝比奈を可愛がってくれたようである。

ただし、この若い教師の毎日は苦難の連続だった。

朝比奈の通っていた中学は、いわゆる公立の進学校だったので、母親たちの教育熱心ぶりにはすさまじいものがあった。そうした母親たちにしてみれば、筒井美智子のように若くて経験のない教師に、子供たちの受験をまかせておけるものではなかった。父兄会などのたびに、美智子が『母親軍団』から相当な突き上げをくらっていたのは、朝比奈たち生徒も噂に聞いていた。

母親が教師をナメてかかれば、そうした態度は子供である生徒たちにも影響する。だから、この内気な美人教師は、ずいぶんと生徒たちからもいじめられていたのだ。

だが、そうしたいきさつも過去のことである。

明後日のクラス会には筒井美智子も参加するらしいが、やはり時の流れはワガママな子供たちをも大人にしてしまうのだろう。

いろいろなことを次々と思い出しながら、朝比奈はさらにアルバムをめくっていった。真ん中のページあたりから、クラス別の記念写真がはじまった。三年生は三クラスあって、朝比奈はA組だった。だから、最初の集合写真がそれである。

晴れた日の校庭にパイプ椅子と踏み台を並べ、最前列中央に校長と担任の筒井美智子が座り、女子生徒と男子生徒が、たがいに背の順に交互に列を作って並んでいた。

朝比奈は、三列目の右端に自分の姿を認めた。

だが、熊谷須磨子がどこにいるのかは、すぐに見つけられなかった。どういうわけかわからないが、須磨子のイメージがなかなか思い出せないのだ。

たとえば浜野由紀絵とか島宏美のように、当時から美少女として注目を集めていた子の姿はパッとわかるのだが、熊谷須磨子がどういった顔立ちだったのか、隣りどうしの席だったことがあるにもかかわらず、なかなか具体像が浮かんでこない。

仕方なく、朝比奈は対向ページに記された生徒の名前と照合して、ようやく「あ
あ」とつぶやきを洩らした。
なんと須磨子は、朝比奈のすぐ前に立っていた。
髪形はわりあいにショートで、目はパッチリとした二重だった。だが、大きな瞳を
しているのに、眉毛の形がとても寂しげなので、華やかさに欠ける顔立ちだった。
しかも——朝比奈は思い出した——いつも上目づかいに人を見る癖が、彼女にはあ
った。この写真でもカメラに対して、何か探りを入れるような目つきになっている。
その視線の構え方の悪さが、本来ならチャームポイントになるべき彼女の大きな瞳
を、逆にマイナスイメージの象徴にしていた。
(そういえば……)
さらに朝比奈は思い出した。
(この子は、ときどき妙な独り言をつぶやく癖があったな)
隣り合ったときに気がついたのだが、熊谷須磨子という子は、休み時間などによく
独り言を口にした。それも小声ではあるが、ハッキリと聞き取れるような言葉で、し
かし脈絡のないことを口走るのだ。
たとえば、六時間目の授業の終わりころになって、
——あ〜あ、空が赤すぎて、海の青さが恋しくなる。

などとつぶやく。

その独り言にハッとなって、朝比奈は教室の窓から外を見た。

ここで茜色の夕焼け空が広がっていれば、それなりに須磨子の独り言にも筋が通るのだが、そういうときにかぎって、外はいまにも雨が降り出しそうな黒雲に覆われていたりする。

そうかと思えば、別の日には、やはり授業中に小さな声で「あ〜あ」と、ため息まじりにはじめる。あ〜あの次は何を言うのだろうと隣りで聞き耳を立てていると、

――あ〜あ、い〜い、う〜う、え〜え……なあんて……。

という具合に、ふざけているとしか思えない言い回しを、きわめてマジメな顔でつぶやくのである。

ただし、この独り言はひんぱんに聞かれるものではなかった。一ヵ月に一度くらい、耳にする程度だ。

だから、そのときは『ヘンなやつ』というふうにみんなの注目を集めるのだが、もともと目立つタイプの子ではなかったから、いつのまにか須磨子の独り言のことなど忘れ去られてしまうのだった。

しかし、十五年経ったいまになって奇妙な文脈の手紙をもらうと、いまさらながらに彼女の独り言癖が思い出された。

（もしかしたら、熊谷須磨子はあの頃から、どこか神経を病んでいたのでは……）

朝比奈は、ふと思い立って卒業アルバムのいちばん後ろを開いた。生徒の住所録が載っているページである。

朝比奈の地元、世田谷区成城にあった中学だから、通学する生徒の住所もみな同じようなところばかりである。

朝比奈は住所録の上に人差指を走らせ、三年A組女子の欄をなぞった。

**熊谷須磨子——横浜市中区元町**

（そうだ……そういえば、彼女は横浜から通っているという話だったな）

朝比奈は思い出した。

（たしか、母親が毎朝車で須磨子を学校まで送り届けてきていたんだ）

おそらく父親のバハマ赴任を機に横浜の家を去り、日本に戻ってきたところで渋谷区の松濤に移ったのだろう。

松濤といえば渋谷区でも高級住宅街として有名だし、そこに洋館を構えているということは、彼女の実家がそれなりの資産家であることを意味しそうだった。

（だけど、須磨子の父親というのは時計メーカーの営業マン、つまりサラリーマンだ

ったはずだが……。それとも、その後転職して、財を築いたのだろうか）

それよりも須磨子は、彼女がいうところの『ドラキュラでも住んでいそうな』洋館に、いったい誰と暮らしているのだろうか。それが疑問だった。

朝比奈は、あらためて投函された封筒の裏書を見た。

熊谷須磨子――

中学時代と同じ苗字である。

結婚はしているが、朝比奈がわかりやすいようにわざと旧姓を記したのか、それとも、三十歳になるかならないかという年で、まだ独身のままでいるのか。

朝比奈のカンとしては、たぶん後者の方、つまり結婚をせずにいるような気がしてならなかった。たしか彼女は一人っ子だったという話を聞いた覚えがあるが、では、いまも両親と三人で松濤の洋館に住んでいるのだろうか。

いや、よくよく文面を読み返すと、どうも独りずまいの雰囲気が漂ってくる。だいたい電話ベルの音が嫌いだから電話を引いていないなど、まともな社会生活を営む親と同居していたら、とうてい成り立たない話である。

（どうしよう……行ってみるかな……それともやめておこうか）

朝比奈は迷った。

明日土曜日は、丸一日を新作書下しミステリーの執筆にあてるつもりでいたが、彼にしては珍しく締め切りに追われていないので、熊谷須磨子の誘いにのる時間的な余裕はありそうだ。

だが、ためらう気持ちが強いのは、やはり何といっても招待状ぜんたいに漂う異常な雰囲気のせいである。

とりわけ、北原白秋の『金魚』という詩には、朝比奈はドキッとさせられた。

いわれるまでもなく、『砂山』や『ペチカ』や『からたちの花』などが白秋の書いた童謡であることは知っていたが、『金魚』と題された詩は初めて見るものだった。

(それにしても、なんという不気味な詩なんだ)

朝比奈は、もういちど読み返してみた。

母《かあ》さん、母《かあ》さん、
どこへ行《い》た。
紅《あアか》い金魚《きんぎよ》と遊《あそ》びませう。

母《かあ》さん、帰《かへ》らぬ、
さびしいな。

金魚《きんぎょ》を一匹《いっぴき》突き殺《ころ》す。
まだまだ、帰《かへ》らぬ、
くやしいな。
金魚《きんぎょ》を二匹《にイひき》締《し》め殺《ころ》す。

なぜなぜ、帰《かへ》らぬ、
ひもじいな。
金魚《きんぎょ》を三匹《さんびき》捻《ね》じ殺《ころ》す。

涙《なみだ》がこぼれる、
日《ひ》は暮《く》れる。
紅《あアか》い金魚《きんぎょ》も死《しイ》ぬ、死《し》ぬ。

母《かあ》さん怖《こは》いよ、
眼《め》が光《ひか》る、
ピカピカ、金魚《きんぎょ》の眼《め》が光《ひか》る。

（まるで『マザー・グース』の世界だな）

朝比奈は思った。

（これじゃあ、アガサ・クリスティの『そして誰もいなくなった』の世界になってしまうぞ）

クリスティの『そして誰もいなくなった』では『マザー・グース』の童謡になぞらえて、十人のインディアン人形が一つずつ減っていくたびに、人が一人ずつ殺されていく。

では、もしもこの手紙に招かれるまま松濤の洋館に行ったら、北原白秋の童謡にのっとり、金魚が一匹死ぬたびに、人が一人ずつ殺されていくのだろうか。

（まさか……）

朝比奈は、カフェオレ色に染めた髪を片手でかきあげた。

（いまどき、そんなことが現実に起きるはずがない）

軽くため息をつくと、朝比奈は中学時代の卒業アルバムを元の場所にしまい、謎めいた招待状を白い封筒の中に戻して、それを和机の片隅に置いた。

この招待状に応じるかどうかは、一晩おいて明日の朝に結論を出そうと思った。

こういう秘密めいた、そして異常な匂いを感じさせる手紙は、健康的な朝の光のもとで再検討すべきだ、と考えたのだ。

たとえば、夜更けに思いつめた気持ちで書いたラブレターが、一晩寝てから翌朝読み返してみると、赤面したくなるほど陳腐な文面であるのを発見するように、ドラキュラの住む洋館からの招待状も、一夜明けたらただのイタズラ手紙にすぎないと思えるかもしれない。

そういうふうに決めた朝比奈は、ずっと羽織っていたままだったジャケットを脱ぎ、口笛を吹きながらバスルームへ向かった。

二重になった蛇口をひねって、熱いお湯と水をバランスよく出しながら湯舟にためていく。その間も、朝比奈はずっと口笛を吹き続けていた。

だが、自分の口ずさんでいるメロディが、北原白秋の詩による童謡『待ちぼうけ』であることに、朝比奈はまったく気がついていなかった。

# 三　蟹

推理作家の執筆時間は、人によってまちまちである。

サラリーマンのように、朝九時ごろから夕方五時までと決める人もいるし、日が沈んで夜のとばりが訪れてからが本番という人もいる。あるいは、セブンイレブンなみの長時間『営業』を誇っていたはいいが、しまいにはオーバーワークで目にダメージをこうむる人など、いろいろである。

朝比奈耕作の場合は、基本的に夜型だった。

朝比奈はワープロではなく、伊東屋特製の原稿用紙に筆ペンという取り合わせだった。そして、畳敷きの和室で和机に向かって書くのだ。

三十前の若さにしてはずいぶんと古風な道具立てだが、物理的に執筆ペースが限られるぶん、かえって体に無理をさせなくてよいので、彼はずっとこのスタイルを貫いてきた。世の中がそろそろ寝静まる午後の十一時すぎから筆を起こして、明け方の五時ごろに筆を置く、といった時間割である。

その六時間は、まさに一点集中という勢いで原稿に没頭し、お茶を飲む以外には軽食もほとんどとらない。ちょっとでも他の用事で筆をおくと、元の執筆ペースへ復帰するのに何倍もの時間を要するからだ。

だが、今夜は初めからピッチがあがらなかった。

忘れようと思っても、熊谷須磨子からの手紙が頭に思い浮かんできて仕方ないのだ。とりわけ、あの「金魚」の詩が、頭にこびりついて離れなかった。

いま朝比奈が手掛けているのは純然たる本格ミステリーだったが、これでは彼女の手紙に影響されてホラー小説を書いてしまいそうだった。

「ああ……ダメだ」

つぶやくと、とうとう朝比奈は筆ペンを原稿用紙の上にほうり出してしまった。そして、和机の片隅に置いてあった熊谷須磨子の手紙を、あらためて手にとってみる。

ペン習字の手本のような筆跡と、そこに書かれている内容のアンバランスさが、何度読み返しても不気味だった。

が、その文面をしばらく見つめているうちに、朝比奈の頭にふと疑問がわいてきた。

これはほんとうに熊谷須磨子の手によって書かれたものなのだろうか、という疑問である。

中学時代に隣りに並んでいたというだけで、ラブレターのやりとりをしたこともない相手の筆跡を思い出すのは難しかったが、おぼろげな記憶を頼りに思い起こすと、これほど上手な字を書く資質が須磨子にあったとは思えなかった。

むろん、筆跡というのは成長とともに変わる可能性はじゅうぶんあるし、それこそペン習字を習って上達することもあるだろう。だが、中学時代の須磨子の字は、どちらかといえばヘタの部類に入っていた気がする。

(そうだ)

朝比奈は思い立って、また押し入れを開け、さっきの卒業アルバムをもういちど引っ張り出してきた。

アルバムの巻末に、クラスごとの寄せ書きがあったのを思い出したからだ。それを見れば、当時の須磨子の筆跡がはっきりわかるはずだった。

該当ページを開くと、担任の筒井美智子を中心にして、三年A組の生徒たちの一言メッセージが円を描くように並べられていた。

須磨子のメッセージは、ちょうどアルバムの上下からすると逆さの位置にあったので、すぐにはわからなかった。

が、その場所に気づくと、朝比奈は彼女の書いた文字が真っすぐ読めるようにアルバムを百八十度回した。

**《いつまでも先生のことを忘れません。熊谷須磨子》**

それが須磨子直筆の寄せ書きの文面だった。

こんなメッセージが寄せ書きの中に記されていたことに、朝比奈はいままで気がつかなかった。

が、問題は彼女の筆跡だった。

おせじにも上手とはいえない金釘流で、どんなにペン習字の講習を積んだところで、いわゆる達筆と呼ばれる域に達するのは不可能と思われた。それは、たしかに朝比奈の記憶していたとおりの筆跡である。

となると、きょう朝比奈宅に届けられた洋館への招待状は、熊谷須磨子本人が出したものではない公算が強くなってきた。

朝比奈の表情が、少し険しさを帯びてきた。

たんなるイタズラならともかく、そうでないとしたら、あの招待状には、いったいどんな意図が裏に隠されているのか……。

朝比奈は、もういちどアルバムのページを前に戻して、三年A組の集合写真を見返した。そして、熊谷須磨子の顔をじっと見た。

写真の中の須磨子は、懐疑的な目でカメラのレンズを見つめている。それは、そのまま現在の朝比奈に向けての目つきでもあった。

（あの招待状はきみが書いたのか、それとも違うのか）

朝比奈は、写真に記録された十五年前の姿の須磨子に向かって、心の中で話しかけた。（もしもきみではない人物が書いたのだとしたら、いったい誰が、何の目的で、きみの名前を騙《かた》ってぼくに手紙をよこしたのだろう。それは日曜日に開かれる十五年ぶりのクラス会となにか関係があるのだろうか）

もちろん、須磨子からの返事が返ってくるわけではない。しかし、朝比奈は相手の返答を待つように目をつぶった。

（あ！）

須磨子の返事の代わりに、とてつもない疑問が稲妻のように朝比奈の脳裏を走った。

「なぜだ」

朝比奈は、おもわず声に出してつぶやいた。

「なぜ、彼女がここにいるんだ！」

あまりにも当然のようにアルバムの中に須磨子が存在しているので、朝比奈はたったいままで、その矛盾に気づいていなかった。

須磨子は三年の秋に、父親の仕事で海外へ転出していたではないか。つまり、彼女は朝比奈の通っていた中学を卒業はしていないのだ。

（卒業もしていない生徒が、なぜ卒業アルバムに載っているんだ）

たしか朝比奈の記憶では、アルバム用集合写真の撮影は、秋になってすぐ、冬服の衣更《ころもが》えと同時に行われた気がする。その時期から徐々に準備をしておかないと、アルバムの制作が間に合わないということなのだろう。まあ、商業出版ではないのだから、そういったスローペースでアルバムの編集日程が組まれていてもおかしくはない。

だから、撮影当時まだ在籍していた熊谷須磨子の姿が、集合写真の中にあるのは当然なのかもしれない。急に転校が決まった彼女をのぞいて集合写真を新しく撮り直すのは、決められた予算の枠組みの中ではおそらく無理だったはずだ。

けれども、写真の対向ページにレイアウトされた生徒名一覧のところには、熊谷須磨子の転校についてなんの但し書きもなかった。そして、なによりも不思議なのは、寄せ書きの中に須磨子の直筆があったことである。

あの寄せ書きだけは、正月をすぎ三学期に入ってから作ったものだ。一枚の色紙をクラスで順番に回していって、それぞれがメッセージを書き込んだのだ。

もちろん、そのときにはもう須磨子は学校にはいなかった。

ところが、間違いなく彼女の寄せ書きが入っているのだ。

(それじゃあ、海外に転校していたと思った彼女は、ほんとうはちゃんと同じ中学を卒業していたのか?)

でも、それもまた不可能だと、朝比奈は思い返した。

十月以降、須磨子の姿をクラスで見かけなかったのは事実なのだから、仮に学籍を抜いていなくても、授業日数不足ですんなり卒業するのはできないはずだからである。

（いったいどうなっているんだ）

卒業式に渡されたアルバムに、こんな謎が隠されているとは思ってもみなかった。もう朝比奈は執筆どころではなかった。仕事で書く推理小説の謎よりも、現実の謎のほうが彼をとらえて放さなかった。

（そうだ、クラス会の発起人になった久本に電話をしてみよう）

朝比奈はそう思った。

クラス会の案内状には、中学当時の『世話焼き久本』のイメージのままのユーモラスな文体で、彼自身の近況についても書かれてあった。それによると、「目下花嫁募集中のさびしい独り暮らし」とのことだから、夜中の十二時近くに電話してもかまわないだろうと思った。それに、今夜は週末の金曜日である。

朝比奈は旧式な黒いダイヤル式の電話を取り上げ、クラス会の案内状に記された久本の電話番号を回した。

三分後――
朝比奈耕作は愕然とした思いで受話器を置いた。

卒業アルバムの寄せ書きに熊谷須磨子のメッセージがあった矛盾は、久本も気づいていなかった。そして、須磨子がいまどこに住んでいるのかという質問に対し、久本はこう答えたのだ。

「知らなかったのか、朝比奈。熊谷は死んだんだよ」

驚いて詳細をたずねる朝比奈に向かって、久本はやや緊張した声で説明を加えた。

「いつ、どこで、どんな理由で死んだのかはおれも知らない。だけど、友だちの少ない熊谷と唯一親しかった島宏美が教えてくれたんだ。で、詳しい話はクラス会で島から直接きくことになっている。当然、朝比奈も来るだろ？」

何をおいても必ず行くよ、と、朝比奈は半分うわのそらで返事をした。いまの段階では、久本に、熊谷須磨子名義で届いた招待状の話をする気にはなれなかった。

（それにしても……熊谷須磨子が死んでいた、だって？）

こわばった顔で、朝比奈は洋館への招待状に目をやった。

死者の名前を借りて、朝比奈に『ぜひぜひいらしてね』と呼びかけてくる、達筆の招待主は誰なのか。

ここまで事態が謎めいてくると、朝比奈は仕事そっちのけになってしまう、いつもの悪い癖が出る。

（こうなったら、何をおいても明日の土曜日には、松濤の洋館をたずねないと……）

そう思ったとき、手近に引き寄せてあった電話機が、けたたましい音を立てて鳴り始めた。

ちょうど久本との会話を終えたばかりだったので、なにか追加して話したいことがあって、彼が電話をかけ直してきたのかと思った。

「もしもし」

久本の声が聞こえてくるのを予測しながら、朝比奈は受話器を耳に圧し当てて呼びかけた。

だが、返答がない。

たしかに回線はつながったままなのに、相手が声を出してこないのだ。

「もしもし……もしもし」

朝比奈は、無言電話の主に向かって何度も呼びかけた。

「イタズラでかけてきているなら切りますよ」

すると、いきなりにぎやかな子供の合唱が聞こえてきた。


春は早《はよ》うから川辺の葦《あし》に、蟹が店出し、床屋でござる。

チョッキン、チョッキン、チョッキンナ。

CDかテープに吹き込まれたものを再生しているのだろう。童謡の『あわて床屋』だった。

朝比奈はぞっとした。

その詩は、死んだ熊谷須磨子が大好きだったという北原白秋のものだ。

(誰だ……こんな夜更けに、こんな童謡を電話口で流す人間は)

めったなことでは動じない朝比奈が、全身に鳥肌の立つのを感じていた。

チョッキン、チョッキン、チョッキンナと、楽しげな子供の合唱が繰り返されながら、二番、三番、四番の歌詞が歌われてゆく。


小蟹ぶつぶつ石鹼《しやぼん》を溶かし、親爺自慢で鋏《はさみ》を鳴《な》らす。

チョッキン、チョッキン、チョッキンナ。


そこへ兎《うさぎ》がお客にござる。どうぞ急いで髪刈っておくれ。

チョッキン、チョッキン、チョッキンナ。


兎ァ気がせく、蟹ァ慌てるし、早く早くと客ァ詰めこむし。

チョッキン、チョッキン、チョッキンナ。

さらに五番の歌詞に移る。

邪魔なお耳はぴょこぴょこするし、そこで慌ててチョンと切りおとす。

チョッキン、チョッキン、チョッキンナ。

そこで突然、ブチッと音楽が途切れた。

そして、男とも女ともつかないささやき声が、こう言った。

「ぜひぜひいらしてね」

できることなら昼間のうちから問題の洋館の周辺を観察しておきたかったのだが、日中にやむをえぬ所用があったため、朝比奈耕作が松濤を訪れたのは、けっきょく招待状に記された時刻とほぼ同じ、土曜日の午後七時五分だった。

松濤という場所は、北東にＮＨＫ放送センター、東に東急本店やＢｕｎｋａｍｕｒａ、南東に道玄坂地区、そして西は山手通りをはさんで駒場の東大教養学部が控える、というロケーションにある。

松濤のエリア内に広い道路は通っておらず、しかも路地一本おきに『一方通行』と『進入禁止』の通行規制が交互にあったり、行き止まりの袋小路が随所にあったりして、慣れない者には車で走りにくい場所である。

それは裏を返せば、よぶんな車は入ってこないということでもあり、実際、ＮＨＫ方面から山手通りへの抜け道として使われる以外には、車両の往来はさほど多くない。

その静けさの中に立派な構えの高級住宅が立ち並び、あるいは観世《かんぜ》能楽堂や戸栗美術館、区立松濤美術館などの文化施設、さらには都知事公館やスイス大使公邸などが点在する。朝比奈は、愛車BMWを東急本店近くの駐車場に置いて、そこから目的の場所まで歩いていくことにした。

謎の招待状に記された洋館の場所はすぐわかった。車一台がやっと通れる狭い路地が鉤《かぎ》の手型の袋小路になっている、その突き当たりだった。

週末のにぎわいをみせる渋谷の繁華街から数百メートルしか離れていないというのに、この一角は嘘のようにひっそりと静まり返り、そして夜の闇が一段と濃く感じられた。

よくよく周囲を見回してみると、都会ではどんな小さな路地にも当然のごとくある街灯が、この界隈にはひとつもないのだ。

だから、その場にたたずむ朝比奈耕作を照らし出すのは、大都会の空にぽっかりと浮かんだ青白い月から放たれる月明かりだけだった。

そしてその月明かりが、朝比奈の目の前に建つ洋館に、一種独特の陰影を投げかけていた。

一口に洋館といってもいろいろな様式があるが、いま朝比奈が眺めているそれは、中世の古城を彷彿とさせる石造りの館で、まさにドラキュラの住まいと呼ぶにふさわしい外観をしていた。

建物の高さは通常の住居の三階建てに相当するのだが、窓の配置から想像するとどうやら二階建てのようである。

石造りの外壁には蔦《つた》の葉がびっしりと貼りつき、くるくると丸まったツルの先端が、獲物の動向を窺う昆虫の触角のように、クラシックなデザインの窓枠に四方から迫っていた。

館の大きさのわりには窓の数は少なく、正面の壁には二階に二ヵ所、一階にも二ヵ所だけ。それも極端に細長い形をしており、そこからじゅうぶんな採光が得られるとは思えなかった。

さらに、この細長い窓は青銅色の桟《さん》によってタテ二列に横八段の十六枚に細かく区切られており、その一枚ずつの大きさは週刊誌のサイズに満たない。

しかも、そこにはめ込まれているのは、不規則な凹凸のついた擦りガラスである。だから、窓を通して部屋の中を垣間見ることはできなかった。

ただし、二階の窓ガラスが黒く沈んでいるのに対し、一階の窓ガラスは、いずれもオレンジ色の輝きが透けてみえるので、どうやら一階部分にだけ明かりが灯っているらしいことはわかる。

袋小路の突き当たりという配置上、洋館の周囲をぐるりと観察するのは無理だったが、仮に周囲に小径があったにしても、正面をのぞく三方は鬱蒼と生い茂る木立に囲まれて、内部の様子は窺えない構図になっている。

すなわち、正面入口のほうだけが人目に晒されているのだ。

したがって、朝比奈もこの方向からしか観察できなかったが、敷地の奥までつづく樹木の様子から推し量ると、一見こぢんまりとした感じの洋館は、かなりの奥行きを持っていそうで、小規模の美術館ていどの建坪はありそうだった。

この洋館の周囲には鉄柵が巡らしてあるのだが、それは外国の墓地の囲いになどよく使われる、不法侵入者をはばむために最上部の先端が鋭くとがったデザインのものだった。そして正面中央に、観音開きになる重厚な黒い鉄扉。

そこには、対になったライオンの頭があしらわれ、その口輪がノッカーの役割を果たしていた。

朝比奈は、まず真っ先に表札を探した。

クラス会幹事の久本一郎によれば、『ぜひぜひいらしてね』と朝比奈を招いたはずの熊谷須磨子はすでに死亡しているという。となると、この洋館の主でもあり、また招待状の贈り主でもある人物は、須磨子の両親などではなく、熊谷家とはまったく無関係の人物という可能性が高そうだ。

けれども、朝比奈の中学時代はよく知っている人物らしい。というのも、招待状の文面には、中学生のころ、朝比奈と熊谷須磨子の席が隣りどうしであった事実が記されているからだ。

（いったい、ぼくをここへ招いたのは誰なんだ）

朝比奈は月明かりを頼りに、懸命に表札のたぐいを探した。

しかし、いくら見回しても、鉄柵や鉄扉にそれらしきものは見当たらなかった。また、柵の隙間越しに眺める洋館の壁にも、主を示すしるしは何もない。

そもそもこの館には郵便受けがなかった。では、配達されるべき郵便物など一切ないのだろうか。朝比奈は首をかしげた。

だが、ここは日本である。いくら謎めいた造りの館であっても、その所有者や住人については、手を尽くして調べれば決して謎のまま残ることはありえない。いまは土曜日の夜なので、すぐに法務局へ行き、登記簿を閲覧するというわけにはいかないだけの話だ。

いずれにせよ、外観から館の主の名前を知ることはできそうになかったので、朝比奈はともかく中へ入ってみることにした。

表札を探すときに気づいていたが、この洋館にはインタフォンとかベルといったものがない。かといって、これだけ重厚な造りだと、ごめんくださいと呼びかけた程度では中の人間に聞こえそうもない。

（やっぱり、このノッカーを叩くしかないのかな）

鉄扉からニュッと首を突き出したように取り付けられた黒い二つのライオンの頭──

—その右側のライオンがくわえている太い鉄の輪を、朝比奈はつかんだ。そして、ガチンガチンと音を立てて扉に叩きつける。

しばらく待ってみたが、中からの反応は何もなかった。

もういちど朝比奈は同じ動作を繰り返した。

だが、やはり応答はない。

仕方なしに、ライオンの口輪を引いてみる。

すると、キ……キキイー、と甲高いきしみ音をさせて扉が手前に開いた。

「まるでホラー映画のセットみたいだな」

おもわずつぶやいてから、朝比奈はハッとした。

こんなはっきりとした独り言をつぶやく習慣は、朝比奈にはなかった。

まるでホラー映画のセットみたいだな、などという説明的なセリフは、そばに誰か人がいてこそ口にするものではないか。たったひとりでいるときは、いまのような言葉は心の中でとどめておくのが普通だ。

一口に独り言といっても、たとえば「ああ、いやんなっちゃうな」とか、「うー、寒い」とか、「眠いよー」というふうに、感情や生理的なところから出たつぶやきはごく自然だが、説明的な文章を独り言として口にするようになると、これはやや心理面で要注意である。

「まいったな」

朝比奈は、また口に出してつぶやいた。

「独り言をブツブツいう熊谷須磨子の癖を思い出した」

そう言いながら、観音開きになる鉄製の扉を片方だけ開け、朝比奈は敷地の中に足を一歩踏み入れた。

と、いきなりズブッとぬかるみにはまった。

「わ」

反射的に朝比奈は声を出した。

彼のその叫びを合図にしたように、草むらにひそんでいた虫が、いっせいにチリチリチリチリと鳴き声を立てはじめた。

暗がりなので気づかなかったが、そこらじゅうが水気をたっぷり吸い込んだどろどろの地面だった。そして、朝比奈の臑《すね》のあたりまで伸びた雑草が一面に広がっていた。

（おかしいな）

泥にまみれた靴をぬかるみから引き上げながら、こんどは口に出さずに、朝比奈は心の中で思った。

（きのうもきょうも東京は晴れていたのに……）

東京は、木曜日の未明に雨が少し降ったものの、きのう金曜日ときょう土曜日はいずれも秋晴れの素晴らしい天気である。

いくらこの洋館が不気味な雰囲気をたたえているからといって、ここだけが他の場所と天気が違うなどということはありえない。

しかし、現実問題として、あたりの雑草も露に濡れたように月明かりにきらめいているのである。

釈然としないままに、朝比奈は靴の泥を玄関先の石段でこそげ落とし、その石段を四段上って、洋館正面の扉にたどり着いた。

がっしりした樫の木に緑青《ろくしょう》のふいた銅版で縁取りをした扉の周囲には、外から覗いて見たとおり、インタフォンもチャイムもない。そして、表の鉄扉に付いていたようなノッカーもない。ただ、鍵穴が一つだけついている。

そこで、朝比奈は軽く右手でノックをした。

が、よほど樫の木が分厚くて密なのか、コンコンという響きがまったく生じない。

仕方なく、拳を作って強めに叩いてみる。

それでも拳が跳ね返されるような感触が返ってくるだけで、期待していたドンドンドンという音が発生しないのだ。

音や振動を吸収してしまう、奇妙な扉だった。

「人を招待しておいて、迎えにも出ないなんて」

（……あ、また独り言をつぶやいてしまった）

朝比奈は、あわてて口をつぐんだ。

彼は、自分がその場の雰囲気に呑まれつつあるのを感じていた。

死亡した熊谷須磨子の霊にまとわりつかれ、彼女の霊魂の一部分が自分の中に侵入して独り言をしゃべらせているのではないか、とさえ思ってしまった。

（それにしても、三十歳になるかならないかのうちに、なぜ須磨子は死んでしまったんだろう）

声に出さないよう意識しながら、朝比奈は考えた。

（病死か、事故死か、その他の変死か……それとも自殺か）

朝比奈耕作は、ため息をつきながら夜空を見上げた。

あいかわらず青白い月がぽっかりと浮いている。

そして、ときおり濃い紫色の雲が月の前を横切っていくのだが、決して月明かりを大幅にさえぎることはなく、雲の形はまたすぐに闇に溶け込んで見えなくなってしまう。

その様子をしばらく見つめてから、朝比奈は自分が来た方角をちょっとだけふり返ってみた。

（ここからほんのわずかの距離に渋谷の繁華街があり、いまも若者たちを中心に週末

の賑わいで盛り上がっているんだぞ。決して、ここは人も通わない森の奥ではないのだ）

石造りの館が放つ妖気に圧倒されまいと自分に言い聞かせてから、朝比奈はまた銅版で縁取られた樫の木の扉に向き直った。

そして、その取っ手に手をかけて、ためしに引っ張ってみた。

すると――かなり重々しい手応えはあったが――朝比奈が引くままに扉が開いた。

こんどはキュイーッという音がした。

（なんだ……鍵は掛かっていないのか）

人が通り抜けられるほどの幅だけ扉を開けると、朝比奈はそこから中を覗いた。

「あ！」

こんどは独り言ではない、驚きの声が口をついて出た。

洋館の高さは通常の民家の三階建てほどであった。そして、外から見た窓の構造から判断すると、洋館は二階建てに思えた。だが、実際に中を覗いてみて驚いた。

高さ十メートルほどある洋館の内部は、天井にいたるまで完全に吹き抜けになっていたのだ。

そして、下段の窓や周囲の壁には、人の頭の高さあたりに無数の蠟燭《ろうそく》が飾られて、オレンジ色の炎を揺らめかせながら輝いているのである。きらめく炎の海だ。

それは、洋館の奥行きの深さを表すように、はるか彼方までつづいてみえた。

朝比奈は、別世界に足を踏み込んだ錯覚にとらわれ、その幻想的な炎の行列をじっと見つめていた。

「…………」

視線を上方に向けると、そこはかなり暗かった。上段の窓の周囲には蠟燭は飾られていないため、見上げる天井のあたりは暗く沈んでおり、外の夜空がそのまま広がっているのかと錯覚させられるほどだった。

だが、じっと目を凝らすと、洋館の天井には宗教画らしきものが描かれているのがわかった。

ヴィーナスだ。

金髪をなびかせ、白くふくよかな裸身を晒したヴィーナスが、空を泳いでいる。

それも一人ではなく、二人、三人、四人……と、暗闇の中で確認できただけでも十体は越えそうである。

十メートル近い高さの吹き抜けの天井に、ヴィーナスの群れが飛んでいるのだ。

そして視線を水平に戻すと、遠近画法のようにつづく蠟燭のきらめきの果てに、大きな十字架が祀ってあるのが見えた。

距離感がはっきりわからないので、具体的な大きさは見当がつかないが、人の背丈の二倍はありそうな十字架である。

しかも、なにか宝石でも嵌め込んであるのか、蠟燭の炎を受けて妖しげなきらめきを放っていた。

ちょうどそこは周囲よりも一段高くなっていて、さらに祭壇らしきものが飾られてあった。

（ここは教会なのか）

朝比奈は思った。

しかし、教会にしては椅子がない。よけいなインテリアがまったくないのだ。

目立つのは、吹き抜け空間を物理的に支えるための大きな円柱が、奥行き三分の一と三分の二のあたりの中央に、でんとそびえたっていることである。

（どう考えたって、これは普通の住まいではない）

戸口から中の様子を窺っていた朝比奈は、少しだけ開けた正面扉から身をするりと滑り込ませ、蠟燭の明かりでオレンジ色に染まった洋館の中に入った。

ふわっとした感触が足を包んだ。

足元に目をやると、かなり厚手の赤い絨毯が敷き詰められている。

同時に、朝比奈の嗅覚は独特の匂いをとらえた。かなりきついカビの臭いである。

卒業アルバムを開けたときに感じたのと同じ臭いだ。

中央へ進むと、周囲に飾られた蠟燭の明かりが回りかねて、かなり暗い。そこで朝比奈は、入ってすぐのところにぽつんと立っていたフラワースタンドの上に、いかにも取ってくださいというように置かれていた燭台を取り上げた。

先端が、とがった三つ叉に分かれた燭台には、三本の蠟燭が刺してある。一本ずつだと頼りない明かりも、三本集まるとそれなりの明るさになる。

鉄でできた燭台は思ったよりも重かったが、朝比奈はそれを右手に高くかざして、洋館の中を一歩、また一歩とゆっくり進んだ。

歩みを進めるたびに、足元からモワモワッと埃が舞い上がるのが、蠟燭の明かりに照らし出されて見えた。どうやら、絨毯のフワフワした感触は、たんにそれが分厚いからだけでなく、埃の層がたっぷり積もっているせいかもしれなかった。

(まるでタイムマシンで一気に中世に溯ってしまったようだな)

埃の渦を直接吸い込まないよう、朝比奈は片方の手でハンカチを口に当て、そしてもう一方の手で燭台を高くかざして、さらに奥へ進んだ。

玄関から十四、五メートルは行っただろうか、奥に飾られた十字架がだいぶ大きく、はっきりと見えてきたあたりで、朝比奈はギクッとして足を止めた。

何かが聞こえたのだ。

(泣き声？)

そう思って耳をすませた。

ゆらめく蠟燭の炎の行列のどこかから、人のすすり泣きが聞こえてくるのだ。

ヒッヒッヒ、ヒーッヒーッヒーッ……ヒッヒッヒ、ヒーッヒーッヒーッ。

アハッ、アハッ、アハッ……アハッ、アハッ、アハッ。

文字で書くと笑い声のようになってしまうが、明らかに女のすすり泣きの声だった。

それも二通りの泣き声が交互に聞こえる。

ヒッヒッヒ、ヒーッヒーッヒーッと引きずるようなすすり泣きがしたかと思うと、嗚咽をこらえかねたように、アハッ、アハッ、アハッと口を開けたままの泣き声に変わる。それからしばらく沈黙があって、またヒッヒッヒッとはじまる。

(女が……泣いている)

これまで殺人事件の修羅場にいくたびか遭遇したことのある朝比奈が、いま、まったく別の種類の恐怖に取り憑かれ、鳥肌が全身に立つのを感じていた。

(幽霊じゃないだろうな)

ふだんなら一笑に付すようなことを、朝比奈は真剣に考えた。

(まさか、死んだ熊谷須磨子の幽霊では……)

その場に立ち尽くしたまま、朝比奈はじっと耳をすませていた。

すすり泣きは止むことを知らず、ずっとつづいている。

蠟燭の炎の輝きと闇のコントラストの中を、いっしょうけんめい目を凝らして見つめるのだが、人影は見当たらない。

と、泣き声とはべつに、女のささやき声がした。

「泣いたってしょうがないじゃない」

どうやら女は二人いるらしい。

一人は泣いている女で、一人はそれをたしなめている女――

少なくとも、幽霊ではなさそうで、朝比奈は胸をなでおろした。

そして、暗闇のどこかにいる相手に向かって呼びかけてみることにした。

「誰かいるんですか」

かなり大きな声を出したつもりだが、その呼びかけはスーッと空間に吸収されて消えてしまった。

外観はがっしりした石造りなのに、内部は驚くほど吸音効果の高い構造になっているらしい。

「すみませーん」

最初よりももっと声を張り上げて、朝比奈は叫んだ。

「どなたかそこにいらっしゃるんですか」

と、急にピタッとすすり泣きが止んだ。

「熊谷さん……ですか」

朝比奈は、おそるおそる死んだ須磨子の苗字を呼びかけてみた。

「違いますっ！」

返事が返ってきた。

いままで泣いていたため、鼻声になった女の声だった。そのトーンは、かなりか細く、甲高い。

「あなたこそ、どなたなんですか」

洋館内部の周囲をぐるりと取り囲む蠟燭の炎の列のどこかから、また別の女の声が問い返してきた。こちらは、低めでハスキーな声だ。

「ぼくは朝比奈といいます。朝比奈耕作です」

朝比奈は燭台を高く掲げ、自分の姿をそれによってはっきり照らし出すようにした。

「ここに立っているのがぼくです」

朝比奈は声を張り上げてつづけた。

「中学校のときに同級生だった熊谷須磨子さんから招待状をいただいたので、おたずねしたんです」

「朝比奈さんて……三年A組にいた朝比奈さん？」

か細いほうの女の声がたずねてきた。

「そうです」

「ああ……よかった」「いまそっちに行きます」

二つの女の声が交錯した。

と同時に、十字架が飾ってある奥のほうで、三つずつまとまった蠟燭の炎が、二カ所で揺れ動いた。

二人の女が、手近にある燭台をそれぞれ手に取ったのだ。

暗がりに隠れていた女の姿がぼうっと浮かび上がった。

朝比奈は、じっとその姿を見つめた。

三年A組の朝比奈さん、とたずねてきたからには、二人の女性は朝比奈の中学時代の同級生かもしれなかった。

だが、朝比奈の立っている場所からでは、炎のオレンジ色と暗闇の薄墨色に染まった二人の人物を判別するまでには至らない。

ただ、二人とも若い女性であるのはわかった。

蠟燭の明かりなので色彩がはっきりしないが、一人が水色っぽいワンピースを着ており、もう一人は対照的に真っ赤なスーツを着ているようだ。

やがて、その場で小さく動いていた蠟燭の炎が、朝比奈めがけて上下に揺れながらかなり早い速度で近づいてきた。

# 五美女

「朝比奈さん」「朝比奈君」

口々に叫びながら、燭台を掲げた二人の女が走ってきたのを見て、朝比奈もゆっくりとだが、そちらへ歩いて近づいた。

もうもうと埃が舞い上がっているのが蠟燭の明かりに浮かび上がって見えたが、朝比奈はハンカチを口元から外して問いかけた。

「もしかすると、浜野さんですか」

朝比奈はまず最初に、淡いブルーのワンピースに身を包んだ細身の女性に呼びかけた。「そうです。浜野由紀絵です」

涙声の残った、か細い返事が返ってきた。

「それから……あなたは、島さんじゃないかな」

つづいて、あでやかな真っ赤なスーツ姿の女性にそう声をかけると、

「はい、島宏美です。おひさしぶり」

と、しっかりしたハスキーな声が応じた。

二人とも、中学校の三年A組を代表する……いや、学校全体を代表するといってもいい美少女として、朝比奈の記憶にはっきりと残っていた。

浜野由紀絵は、色白でこわれそうなくらい華奢な身体つきをしており、涼しげな目元が印象的な、清楚な美少女だった。

得意科目は国語と美術と、それから音楽だったはずだ。

国語はとくに古文が得意だったようだが、そういった教科書での学習だけでなく、彼女は読書が好きだった。日本や欧米の文学を、中学生なのに大人向きの文庫本で次々と読破していく、いわゆる文学少女である。

休み時間にふと由紀絵のほうを見ると、決まって彼女は文庫本に目を落とし、黙々と名作を読みふけっていた。また、とてもロマンチックなところがあって、自分で詩を作るのが好きだった記憶がある。

美術ではコンテによる素描に抜群のセンスを見せていたし、塑像作りなど立体的な造形感覚も優れていた。

音楽では、声量こそないが、鈴の音を転がすような美しいソプラノの歌声は、朝比奈もおもわずうっとりして聞き惚れたものだった。

また、由紀絵は小さいころからピアノとバイオリンを習っていて、そちらの腕前もかなりのものだという噂だった。

もう一人の島宏美は、意志の強そうな濃い眉毛と大きな瞳が印象的で、一年じゅう日に焼けた小麦色の肌をしているスポーツ美少女だった。

クラブは最初バレーボール部だったが、のちにテニスに転向した。

当時陸上部員だった朝比奈はもっぱらトラック競技の練習をしていたが、少し離れたところにあるテニスコートから出てきたテニス部員が校庭でジョギングをはじめると、他の陸上部の連中といっしょに、宏美の走る姿に注目をしたものだった。

スラリと伸びた四肢を持つ宏美は、スポーツならばなんでも巧みにこなしたが、ただし団体競技があまり得意ではなかった。

かなり我の強いところがあって、チームプレイに支障を来すことがたびたびあったのだ。バレーボール部をやめてテニス部に移ったのもそれが原因だった。

だから、テニスでもシングルスならいいが、ダブルスとなるとペアを組んだ相手と口論になることもしばしばあったという。

そんな宏美のもうひとつの特技は、なんと数学だった。

彼女の数学好きは、学科として得意だというレベルを越えて、ほとんど趣味の域に達していた。

中学三年に進級したとき、すでに中学校で習うべきカリキュラムはすべて習得し、自宅学習で高校の『数学Ⅰ』もマスターし、さらに『数学Ⅱb』の段階へ進んでいたとの評判である。

それは決して受験勉強としてやっているのではなく、純粋に数学が好きだから、とのことだった。

スポーツ万能の美少女でありながら数学の天才でもあったので、島宏美の存在は、浜野由紀絵とはまた違った意味で、生徒のみならず教師たちからも大いに注目されていた。

そんな魅力的な女子中学生であった彼女たちに、朝比奈耕作少年が恋心を抱いたかといえば、これが意外にも『ノー』だった。

たしかに、浜野由紀絵と島宏美の美しさ、そして歌声や健康的な肢体の魅力には、朝比奈も男だから、それなりに感じるところがあった。

だが、それでは彼女たちと恋人同士として付き合ってみたいかと問われれば、当時の朝比奈としては、遠慮させていただきます、と答えるよりなかった。

具体的な理由は彼にもわからなかったが、強いてあげるとすれば、一見対照的な二人に共通する、ある種の『得体の知れなさ』に腰が引けたのだといえるかもしれない。

その『得体の知れなさ』とは何かときかれても、うまく説明はできない。しかし、それは決して朝比奈少年だけが抱いた感想ではなかった。それが証拠に、誰もが認める美少女でありながら、中学時代、彼女たちが個人的に付き合っていたボーイフレンドはいなかったし、男たちから言い寄る者もほとんどいなかったのである。

美しすぎて敬遠されてしまう、とも言えなくはなかったが、ふだんから女の子に対して強引に迫るタイプの男子生徒ですら、浜野由紀絵と島宏美に対しては『パス』してしまうという事実があった。

（そういえば、いま彼女たちは中学時代のままの苗字を名乗ったけれど、三十になろうというのに結婚はしていないのだろうか）

「朝比奈さん」

朝比奈の回想を打ち破るように島宏美が言った。

「いろいろな話は、あとでゆっくりしましょう。それよりも、私たちを早くここから助け出してほしいの」

「助け出す？」

面食らって、朝比奈は聞き返した。

「助け出す、って、どういう意味」

「だって私たち、ここに閉じ込められていたんですもの」

浜野由紀絵が言った。

「二時間前からずっと」

「二時間前から？」

「そうなの。でも、島さんは四時間前からですって」

蠟燭の明かりのもとで、朝比奈は浜野由紀絵と島宏美の顔を交互に見た。

二人とも、中学時代の美少女の面影をそのまま残した、美しい女性に成長していた。

由紀絵が色白で、宏美が小麦色の肌をしているのは、十五年経ったいまも変わりがなかった。

そして、由紀絵が真っ直ぐな髪の毛を長く伸ばしているのも、宏美がスポーティなショートヘアにしているのも、中学校のころのままだ。

(何が変わっているのだろう)

そう思って、朝比奈は二人の顔をじっと見つめたが、驚くほど何も変わっていなかった。

彼女たちは朝比奈と同じように二十九歳、あるいは三十歳になっているはずだが、少しも年をとったという印象がなかった。

美少女が美女に変身したのは間違いないが、老けたという感じは二人ともまったくなかった。

三十をすぎると、とくに女性はクラス会に出たがらなくなるという。

私生活の状況についてはいくらでもごまかしが利くが、容姿の変化はそうはいかない。それも、みんなが同じように年をとるならば気にもならないが、三十の声を聞くあたりから、年の取り方の差は歴然と出てきてしまう。

若い者はいつまでも若々しいが、年齢以上にどっと老けたり窶《やつ》れたりする者もいる。その比較をされるのがいやで、クラス会への参加は二十代なかばまで、と決め込んでしまう女性も多いのである。

しかし、こと浜野由紀絵と島宏美については、そのような懸念はまったく不要だった。十五年前の美少女がいまもなお美しさを失っていないのは、朝比奈にとってもうれしいことだった。

だが、いまは彼女たちの美貌を鑑賞するよりも、事態の把握のほうが先決だった。なにしろ由紀絵の瞳は涙で濡れており、宏美の表情にはかなりの疲労が色濃く浮かびあがっている。

「きみたちがこの洋館へ来たのはどういう理由で?」

朝比奈がたずねると、まず最初に浜野由紀絵が、

「クラスメイトだった熊谷須磨子さんから、ぜひ会いたいという手紙をもらったから、私はここへ来たんです」

と、答えた。

「私もそうよ」

島宏美も、右に同じという返事をした。

「すると、きみたちにも熊谷さんからの招待状が届いたのか」

朝比奈は言った。

「でも、招かれた時刻は七時だったろう」

「いいえ、私は夕方の五時」

由紀絵が答えると、

「私が受け取った招待状には、お昼すぎの三時に来るように書いてあったわ」

と、宏美は別の時間を言った。

「じゃあ、『同伴者はお断り』と書いておきながら、熊谷さんはぼくだけでなく、きみたちもここへ招《よ》んでいたのか……」

と言いかけたところで、朝比奈はハッとなって島宏美のほうを向いた。

「ちょっと待ってくれよ、島さん。すると、きみも熊谷さんが死んだのを承知で、招待状に応じたのか」

「熊谷さんが……死んだ……ですって？」

宏美はいぶかしげな目で朝比奈を見た。

「死んだ、って、どういうこと」

「それはこっちが聞きたいよ」

朝比奈は言い返した。

「クラス会を呼びかけてきた久本に、熊谷が亡くなったという情報を教えたのは島さん、きみなんだろう」

「そんなこと言っていないわ」

宏美は首を左右に振った。

その拍子に、燭台に立てられた三本の蠟燭の炎も斜めに揺らいで、一瞬消えかかりそうになった。

が、宏美が動きをやめると、蠟燭の炎もまた真っ直ぐな明かりを取り戻す。

「私、久本君なんかと電話で話をしていないもの」

「なんだって？」

朝比奈は意外さを隠しきれない声で言った。

「だけど、ゆうべ久本は間違いなくぼくに言ったんだぜ。熊谷須磨子が死んだというニュースをきみから聞いた、って」

「嘘でしょう、そんなの。だいたい、死んだ人からどうして招待状が来るのよ。来るはずがないでしょう」

数学が得意な宏美は、非論理的な状況は許さないといった口調で言い返した。

「もしも熊谷さんがほんとうに死んでいて、私がそれを知っていたら、彼女の名前を騙《かた》った招待状に応じるわけがないわ」

「だけどきみは、友だちの少なかった熊谷さんと唯一親しかったんだろう」

「誰がそんなことを言ったの」

「それも久本だよ」

「どういうつもりなの、あの人」

宏美は、野性的な目に怒りの色をたたえた。

「友だちもなにも、ロクに話したこともなかったわ」

「じゃあ、きみが熊谷さんと親友というのは」

「違います。たしか彼女は三年の途中で海外に行っちゃったでしょう。それ以来、消息はぜんぜん知らないわ」

「では、久本の話はまるっきり嘘だと……」

「そうなるわね」

真っ赤なスーツの襟を片手でピンと跳ね上げながら、宏美は答えた。

「それじゃあきくけど、親友でもなく、十五年も音信不通だった熊谷須磨子からいきなり手紙を受け取って、よくここへ来る気になったね」

「クラス会の前に、どうしても私と話をしたいことがあるって書いてあったのよ」

それは、朝比奈の招待状に記されていたのと同じ内容だった。

「途中で転校した彼女もクラス会に出るのかなあ、と思ったけれど、とにかく折り入って話がしたいと言われれば、やっぱりこっちも『なんだろう』って思うでしょ。それに、電話で確かめようにも、電話はないっていうし」

「そうか……。で、浜野さんは？　きみはどんなふうに誘われたの」

朝比奈は、脅えた目つきのまま二人のやりとりを聞いていた浜野由紀絵に向き直った。

「私も同じです。島さんのところへ来たのと同じような招待状をもらって……」

「きみも熊谷須磨子とは……」

「ぜんぜん親しくしていませんでした」

「じゃあ、彼女が死んだという情報は」

「初耳です」

由紀絵は細い眉をひそめて答えた。

「もしも熊谷さんが死んでいたとわかっていたら、私だって絶対にここへは来ません。そんな死んだ人からの招待だなんて、気持ち悪くて……」

島宏美は、死者からの招待状など理屈に合わないから、警戒して来ないという。

浜野由紀絵は、死者からの招待状は気味が悪くて応じられないという。

いかにもそれぞれの性格を表した答えだが、いずれにしても二人とも、熊谷須磨子が死んだとの情報は知らないと主張した。

「へんな話だなあ」

朝比奈は吐息を洩らした。

「とりあえずぼくは彼女と机を並べたことがあるけど、ただそれだけのつきあいだったしね。すると、この三人は熊谷須磨子に招かれる理由なんて何もないわけだ」

「だから、これはきっと久本君が仕掛けたイタズラなのよ」

宏美が言った。

「久本がねえ」

朝比奈は納得しない口ぶりでいった。

「久本は面白いやつだけど、こういう悪趣味な冗談はやらないと思うけど。それに、あいつは頭に『バカ』が付くくらいの正直者だからなあ。そのあいつが嘘をつくとは」

「じゃあ、私のほうが嘘をついているといいたいの」

「そうじゃないけど」

「だいたい、久本君に関する朝比奈君の判断は論理的じゃないわ」

「どうして？」

朝比奈は、宏美に問い返した。

「だって、朝比奈君は十五年前のデータで久本君という人物を分析しているでしょう。でも、中学三年のときの性格が、そのまま十五年後も変わらずにつづいている保証があると思う？」

「それはおっしゃるとおりだけれど、でも現に、きみなんかは中三のときから少しも変わっていないなあ、と思うよ」

朝比奈は笑って言ったが、宏美は笑わなかった。

こういうところも、朝比奈に言わせれば、むかしのままなのである。

「まあたしかに島さんが指摘するように、十五年の間に正直者の久本が大嘘つきになってしまった可能性もゼロとはいえない。だけど、仮にあいつが仕掛け人だとしても、その目的がわからないよなあ。こんなところにぼくらを呼び出して、いったい何をするつもりなんだ。クラス会だったら明日の日曜日にちゃんとあるっていうのに」

「あの……」

由紀絵がきいた。

「朝比奈さんは、久本さんとつきあいが続いているんですか」

「いや、ほとんどないよ」

鉄製の燭台の重さがこたえてきたので、それを反対の手に持ち替えながら、朝比奈は言った。

「すると、久本さんがいま何をしていらっしゃるかは……」

「それは聞いたことがある。テレビ局の美術部に勤めていると言ってたな」

自分で答えてから、朝比奈はハッとなった。

「テレビ局の美術かあ……」

そうつぶやきながら、朝比奈はあらためて洋館の内部を見回した。

いたるところに蠟燭を飾り、それにすべて火を灯しておくような『演出』は、いかにもテレビマンが考えそうな道具立てともいえた。

また、朝比奈とは別の角度から、宏美が久本に関する疑惑を口にした。

「ねえ、テレビ局の人って、すごく仕事が忙しくて不規則なんでしょう」

「うん。美術部といっても、その中で彼が具体的にどんな仕事をしているのかまでは知らないけど、制作現場にからんだ業務だったら、それこそ土曜も日曜も、昼も夜もないようなメチャクチャな勤務体制になるかもしれない」

「そんな人が、十五年ぶりのクラス会の幹事を引き受けると思う？」

あ、と朝比奈は思った。

宏美が、推理作家も顔負けの細かいチェックを入れてくるので、朝比奈は素直に感心してしまった。

「たしかに、マスコミ業界に勤める人間がクラス会の幹事をするというのも、あまり聞かない話だ」

「明日の集まりだって、久本君が言い出したことなんでしょう」

「うん、筒井先生も来るから、みんなで盛大に集まろうって言い出したのは、彼だ」

「筒井先生は、あくまでダシみたいなものよ」

中学生のころから、宏美はその美貌に似つかわしくない粗雑な言い回しをときどきすることがあった。その癖も直っていないようだった。

「ハッキリいって、筒井先生って生徒たちからいじめられっぱなしだったじゃない」

「ああ、ぼくらが三年のときに他の学校からやってきたし、まだ若かったから、いろいろな面で不慣れで、ずいぶん苦労していたよな」

「それで、生徒からも生徒の親からも、けっこうバカにされたり、意地悪をされていたでしょう」

「うん。でも、ぼくは筒井先生のファンだったけどね」

「私も好きだったわ」

と、由紀絵がつぶやいた。

「私だって、けっこう気があってたのよ」

宏美も言った。

「けれども、私たちみたいなのはごく少数派で、クラスの大半は先生イジメに回っていたでしょ。筒井先生が、放課後の理科室なんかでこっそり泣いているのをよく見たもん、私」

「それは、ぼくも何度か目撃した」

「だから、私が言いたいのはね」

宏美が強調した。

「筒井先生は、決して私たち三年A組のメンバーにいい感情は持っているはずがないってこと。いくら時の流れが過去のしこりを水に流すといったって、そう簡単には水に流せないくらいつらい思いをしてきたと思うのよ、あの先生は」

「だから、いまさら久本がクラス会への参加を呼びかけたところで、それに応じるはずがない、と」

「そういうことよ」

わかった？　という顔で、宏美は朝比奈を見た。

「だから、筒井先生も参加するからみんな集まろう、という久本君の呼びかけは嘘に決まっているのよ」

「オーケー、よくわかったよ」

朝比奈は納得してうなずいた。

「とにかく、これから久本のところへ電話するなり行くなりして、彼の真意を直接確かめてみよう」

「それができれば苦労はしないわ」

「どういうことだよ」

「朝比奈君って鈍いのね。浜野さんがなぜ泣いていたか、ぜんぜんわかってないんじゃない？」

宏美にいわれて、朝比奈は由紀絵に顔を向けた。

由紀絵は、まだ目を充血させていたが、朝比奈に見つめられると、蠟燭の明かりを自分の顔の前からはずして、恥ずかしそうに言った。

「ごめんなさい。私って、弱虫だからすぐ泣いちゃって」

「……で、どうして泣いていたの」

朝比奈は、涙の原因がまだ理解できずに、由紀絵にたずねた。

「さっきも言いましたけど、私たち、閉じ込められていたんです」

由紀絵は小さな声で答えた。

「閉じ込められていた？　ほんとに？」

朝比奈はけげんな顔で聞き返した。

「はい。こんなに気味の悪い蠟燭だらけの家から出られなくなってしまったので、怖くなって、つい……。島さんは、もっと前から閉じ込められていたのに、私のほうが先に泣いちゃって……」

「ちょっと待ってくれ。どこからも出られないだって？」

朝比奈は、信じられないという声を出した。

「そんなバカな。ぼくはたったいま、この洋館の中へ入って来たばかりなんだよ。表の鉄の扉も、屋敷の玄関の扉も、両方とも鍵は開いたままだった。きみたちのときも、そうだったからこそ中に入ってこられたんじゃないのか」

「入るときはたしかに鍵は開いていました。でも、出ようと思ったら開かないんです」

「そんなことはないだろ。だって……」

と、後ろをふり返った朝比奈は、途中でその言葉を呑み込んだ。

開けたままにしておいたはずの入口の扉が、知らぬ間にぴったりと閉まっていた——

—

# 六　幽　閉

「あれ……」

　不吉な予感をおぼえながら、朝比奈はつぶやいた。

「おかしいな、あの扉は開けておいたのに」

「もうダメよ」

　宏美が、悲痛な顔になって言った。

「いったん閉まったら、もう開かないの。ほんとうは由紀絵が二時間遅れでこの中に入ってきたときが逃げ出すチャンスだったのに、私は彼女が扉を開けたのに気づかなかった。朝比奈君が入ってきたときもそうよ。すっかり疲れちゃって奥のほうにいたから、あなたが扉を開けたのを知らなかった。気がついていれば、そのままドアを支えていて、って叫んだけれど」

「ほんとうに開かなくなってしまうのか」

　朝比奈は、燭台の明かりが消えないように気をつかいながら、半信半疑の顔つきで入口の扉のところへ戻った。

そして、分厚い樫の木の扉を押してみた。

が、ビクともしない。

 入るときには引いて入ったから、中からは押せば扉は外に向かって開くはずだった。

ところが、カンヌキでも掛けられたように、扉は微動だにしなかった。

「ちょっと、島さん、浜野さん、こっちへ来て」

 朝比奈は二人を呼び寄せ、先にやってきた島宏美に自分の燭台を持たせた。

 そして、両手を扉に当て、両足で埃まみれの絨毯をしっかり踏みしめて、全身の力を込めて扉を押した。

 だが、やはり動かない。

 ひょっとしたら押すのと引くのが逆だったのかと思い、取っ手をつかんで、こんどは身体を弓なりにそらせて扉を引っ張ってみた。

 しかし、これまた一センチたりとも扉は動かないのである。

「こんなことって、あるはずがない。……それとも誰かが外から鍵を掛けたのかな」

 つぶやくと、朝比奈は扉に思いきり体当たりを食らわせた。

 一度だけでなく、二度、三度と体当たりを繰り返した。

 扉にぶち当たるたびに、カフェオレ色に染めた朝比奈の髪の毛が、傘を広げるような形にふわっふわっと浮いて広がる。

しかし、彼の身体は虚しく跳ね返されるだけだった。

「私たちもやってみたんです」

浜野由紀絵が、小声で言った。

「いろいろなことをやってみましたけれど、全然動かないんです」

「他に出口は？」

「ないわ」

体当たりで乱れた前髪を整えながら、朝比奈は息を弾ませてきいた。

燭台の一つを朝比奈に返しながら、島宏美が答えた。

「ないってことはないだろう」

「ないのよ」

宏美は、腹立たしげに答えた。

「こんな家は見たことがないわ。出入口はこの扉だけ。他にドアというものがないのよ。窓は全部はめごろしになっていて開かないし、金属の桟が細かく入っているから、仮にガラスを割ったって人の身体は通り抜けられない。それに……」

宏美は、高い天井を見上げた。

「外から見たら二階建てだと思ったら、完全な吹き抜けになっていて、階段ひとつない造りなのよ。だから、屋根のほうから逃げ出すことも無理」

「あっちのほうはどうなっているんだ」

朝比奈は、さきほど宏美たちが隠れていた奥を指さした。

「あの十字架が飾ってあるほうは」

「あそこは祭壇になっているわ。でも、出口らしいものはやっぱり見当たらない」

「ひどい冗談だな」

つとめて平静を装いながら、朝比奈は言った。

「久本か、それとも他の誰かしらないけれど、熊谷須磨子の名前を騙って仕掛けたひどいいたずらだ」

「いたずらですめばいいんですけれど……」

由紀絵が不安げにつぶやいた。

「もっと大変なことになるかもしれない気がして」

「もっと大変なことって？」

「島さんと私だけだったときは、どこかから男の人が現れてきて、乱暴をされるかもしれないと……それが怖かったんです……ほんとうに」

思い出しただけで、また由紀絵は涙ぐんできた。

「なるほどね。美女二人を、こんな館に閉じ込めようというやつの魂胆としては、そのへんが妥当かもしれない。でも、ぼくも誘われてきたんだからね」

「ほんとうに朝比奈さんも誘われてきたの？」

島宏美が、疑わしげな目をしてきいた。

「朝比奈さんが、私たちを閉じ込めた犯人じゃないっていう保証がある？」

「おいおい」

朝比奈は苦笑した。

「なんで、ぼくが十五年ぶりに会うきみたちを、いきなりこんなふうな目にあわせなくちゃならないんだよ。……あ、そういえば、あまりに唐突な出会いだったからロクに挨拶もしなかったけれど、ぼくらはほんとうに久しぶりに会ったんだ」

「どうせなら、もっと明るい、ちゃんとした場所で会いたかったわ」

と、宏美は、挨拶どころではないという反応を示したが、浜野由紀絵のほうは、蠟燭の炎を映した輝く瞳で、じっと朝比奈を見つめ、そして遠慮がちにつぶやいた。

「朝比奈さんて、中学のころよりずっと素敵になられたんですね」

「ぼくが？……いやあ、そんなふうにいわれると恥ずかしいな」

朝比奈は、カフェオレ色に染めた髪に片手を突っ込んで照れ笑いを浮かべた。

「浜野さんや島さんのほうこそ、中学時代と全然変わらなくて、いや、あのころ予想していた以上に美しい女性になっているんでびっくりした」

と、初めて口に出して彼女たちの美しさをほめた。

が、朝比奈の軽口は、現在自分たちが置かれた奇妙な立場を忘れさせるものでは決してなかった。

実際、仮にも笑顔を浮かべたのは朝比奈だけで、浜野由紀絵の目元にはまだ涙の跡が残っていたし、島宏美は厳しい表情を崩さない。

「とにかく、まずぼくらがしなければならないのは……」

表情を改めて、朝比奈は言った。

「なにはともあれ落ち着くことだ」

「そんなのは理屈ではわかるけど、四時間もここに閉じ込められていた者の身になってみて」

宏美がいらだちを隠さずに言った。

「落ち着いて考えたところで、この家から出る方法は見つからないのよ」

「そんなことはない」

三本の蠟燭が灯された燭台を、右手から左手に持ち替えて朝比奈は言った。

「ぼくら三人をこの家に閉じ込めた人間が、いったいどんな狙いを持っているのか、それはまだ見当もつかないけれど、たんに脅かそうとするだけだったら、その効果は永遠には続かない」

「どういう意味？」

聞き返す宏美に、朝比奈は言った。

「放っておけば、否応なしに朝が来る、ということを忘れてはならない」

「朝が……来る？」

「そうさ。いまは暗闇の中で蠟燭の明かりに囲まれるという状況だから、この館全体の状況が把握できずに不安も募るけれど、半日もすればまた太陽が上る。明るいお日様のもとでは、幽霊も邪悪な悪魔も退散するってわけだよ」

「呑気なこと言わないで」

宏美が怒ったように言った。

「この先、まだ半日も閉じ込められたら身体がもたないわ。いっときますけど、ここには食べ物も飲み物もないのよ」

「水道は」

「ないわ。とっくに探してみたけど」

「水道もないって？」

朝比奈は、信じられないといった声を出した。

「これだけの大きさの家に水道が引いてないのか」

「そうよ。だから喉はカラカラ……ほんとうのことをいうと、こうやっておしゃべりもしたくない気分なの。しゃべればしゃべっただけ喉が渇くでしょう」

水道がないと知らされて、朝比奈は若干あせった。

水は体調を維持していくために最低限必要なものだ。何も食べずに一日二日すごすのは心配ないが、水を一滴も補給できないとなると、そんなにのんびり構えているわけにはいかない。

「それに、私はお昼の三時から閉じ込められていたけれど、昼間でもこの家の中は、日暮れよりも薄暗いのよ」

そう言われて朝比奈は、あらためて燭台を高くかざしながら周囲を見回した。

たしかに、この細長い窓枠から差し込んで来る陽光など、たかが知れているかもしれない。

十字架が飾ってある奥の壁にはまったく窓がなく、それ以外の三方のうち、奥行きのあるほうの壁に上下三ヵ所ずつ、二面で十二ヵ所。そして、正面入口側の壁に上下二ヵ所で計四ヵ所。あわせて十六ヵ所に窓が設けられていたが、この広さで十六というのは、あまりにも少なすぎた。

しかも、窓ガラスは透明ではなく、凹凸模様の入った曇りガラスのため、光の透過率はかなり減少する。

さらに、洋館の三方は鬱蒼とした木々に囲まれているのである。

だから、島宏美が訴えた昼なお暗いという状況は、たしかにその通りだと思われた。

「そういえば、島さん」

朝比奈がたずねた。

「いちばん最初にこの館に閉じ込められたのはきみだけど、そのときからこんなふうに蠟燭に明かりが灯っていたのかい」

「そうよ」

「そのときの長さはどうだった」

「長さって？」

「蠟燭の長さだよ」

「ああ……よく覚えていないけど、いまよりもこれくらい長かったかしら」

宏美は、親指と人差指で五センチくらいの幅を作ってみせた。

「四時間でそれだけ蠟燭が減ったということは……」

朝比奈は、三人の持つ燭台に据えられた蠟燭の長さを比較した。

どれも、およそ十センチくらいの長さまで減っている。

「このままいけば、あと八時間――つまり、午前三時ごろにはすべての蠟燭が燃え尽きてしまうということだ。だから、そうならないうちに、よぶんな蠟燭は火を消しておいたほうがいい」

朝比奈は、自分の考えをまとめるようにいったん黙ってから、ふたたび口を開いた。

「では、こういう段取りにしよう。まず、ぼくたち三人で、もういちどこの洋館の中を徹底的に調べてみる」

「さんざん調べたわ」

「まだ見落としがあるかもしれない」

反論する宏美に、朝比奈は説得するように言った。

「そうだろ。きみたち女性二人だけのときは、精神的にも動揺していただろうから、観察力もちゃんと働いていなかったかもしれない。ぼくも加わって三人になったところで、もういちどじっくりとこの屋敷の中をチェックするんだ」

「それでも出口が見つからなかったら？」

「そうしたら、あの窓を割る」

朝比奈は、青銅色の桟によってタテ二列、ヨコ八列に十六分割された細長い窓を指さした。

「でも、ガラスを割ったって、頑丈な桟がジャマをして逃げ出せないわ」

宏美があいかわらず否定的な見方を口にした。

が、朝比奈は自信たっぷりに言った。

「だいじょうぶだよ。身体は逃げられなくても、声は外に伝わる」

「声？」

「そうだ。割った窓から声を大にして叫ぶんだ。助けてくれー、ってね。そうすれば、きっと近所の人が気づいてなんらかの行動をとってくれる。もちろん、それに頼る前に、自力で脱出できるのがいちばんだ」

「わかったわ」

ようやく宏美が納得の表情をみせた。

「それじゃ、二人ともぼくといっしょについてきてくれ。まだ蠟燭はすべてつけておいて、最大の明るさを確保しておこう。その間に、なんとか脱出路を見つけるんだ。その作業をやりながら、いったいどんな人物が、何の目的でぼくらをこの洋館へ誘い込み、閉じ込めたのかを考えるんだ。相手の狙いが読めれば、逆に、そこから逃げ出す方法も見えてくるだろう。とにかく、ぼくが責任を持って、きみたちをここから出してみせる」

真剣な表情で朝比奈が言うと、赤いスーツを着た島宏美は、しばらく彼の顔をじっと見つめていた。

そして、ちょっとだけ肩をすくめるしぐさを見せて言った。

「朝比奈君て、もっと薄っぺらな人だと思っていたら、そうでもないのね」

「薄っぺら？」

「そう。中学時代のあなたって、陸上部で人よりも早く走ることばかりに熱中していて、勉強もズバ抜けてできるとはいえなかった。その代わり、見た目はハンサムだったから、それなりに女の子には人気があって、キャーキャーいう女の子をあしらうのも上手だった。そんなあなたを見ていて、正直いって、私、軽蔑していたの」

「はー……軽蔑ねえ」

あまりに宏美がズバズバ言うので、朝比奈は、かえっておかしそうな表情をした。

「それに、いざ十五年ぶりに会ってみたら、その髪の毛の色でしょう」

宏美は朝比奈のほうに燭台の明かりを近づけて、金色のメッシュを入れたカフェオレ色の髪をアゴで示した。

「だから、ますます軽薄なノリに磨きがかかったのかと思ったら、意外に落ち着いたところがあるんでびっくりしたわ」

「それはどうも」

朝比奈は頭をかいた。

「でも、よくいうなあ……島さんて、むかしからそんなふうに歯に衣を着せない言い方をしたっけ」

「そうよ。私はハッキリしたことが好きなの」

「あ、そう……まあ、なんにせよ、それだけ元気でいてくれるなら、ぼくはとっても安心だよ」

皮肉ではなく、心の底からそう思っている顔で、朝比奈はにっこり笑った。

「あの……」

そのとき、中学時代のままに小声で話す癖が変わらない浜野由紀絵が、遠慮がちに口を開いた。

「朝比奈さん、ひとつだけ質問していいですか」

「いいよ、なに？」

「いま、朝比奈さんは何をしていらっしゃるんですか」

「職業、っていう意味？」

「ええ」

「そうか……そういえば近況報告をおたがいにしていなかったんだな。ぼくの職業は推理作家だよ」

「推理作家……ですか」

由紀絵は目を見開き、隣りの宏美もびっくりした顔をした。

「意外だった？」

朝比奈がたずねると、由紀絵は素直にうなずいた。

「はい」

「そうだろうなあ。いま島さんが言ったように、たしかにぼくは、中学のときも高校のときも、ひたすら人よりも早く、そしてきのうの自分よりも早く走ることしか頭になかった。髪の毛もスポーツ刈りだったしね。そんな男が、ミステリーを書いているなんて、やっぱり信じられないだろうなあ」

「ごめんなさい、いままで全然知らないで」

「そんな、浜野さんが謝ることはないよ」

「だって……」

「いくらあなたが読書家だって、中学のころの文学少女のままだったら、ぼくなんかが書く人殺しの小説は読んでいなくて当然だよ」

「で、推理作家の先生としてはどうなの」

横から島宏美が割り込んできた。

「小説ではなく、実際にこうした立場におかれた感想は」

「感想ねえ……」

朝比奈は、金色のメッシュが入った前髪をつまみながら、少し考えた。

「こういった状況というのは、ミステリーでは『雪の山荘モノ』とか『孤島の別荘モノ』とかいってね、地理的または気象条件的な理由によって、犯人も含めて関係者全員がそこから脱出できず、また外部の人間が入ってくることもできないという条件のもとに殺人事件が起きる、という古典的なパターンだ。そうなると、登場人物が最初から限定されているから、犯人あての興味がそそられる効果がある。おまけに、関係者が一人死ぬごとに、残された人間の中における真犯人の確率が高まっていく。だから、物語が進むにしたがって相互不信が頂点へ向かっていくわけだ」

朝比奈は、蠟燭の炎を見つめながらつづけた。

「そういった心理サスペンスが、この手のタイプのミステリーの醍醐味なんだけれど、その代表作として必ず挙げられるのがアガサ・クリスティの『そして誰もいなくなった』だろうね」

「その小説なら読んだことがあるわ」

島宏美が言った。

「それに、映画でも見たし。オリバー・リードとかリチャード・アッテンボローが出ていたと思うけど」

「それは、たぶん二度目の映画化のときのものだな」

朝比奈は言った。

「ぼくが知るかぎりでは、あの小説は四度映画化されている。その四度目の『サファリ殺人事件』というのは、舞台をアフリカに移す趣向だったけれど、俳優も演出もパッとしない大駄作だった」

「それで？」

宏美が話を元に戻すようにうながした。

「ミステリーもどきの事件に巻き込まれてしまった推理作家・朝比奈耕作先生のコメントは？」

その問いかけに、朝比奈は「おや」と思った。

十五年ぶりに再会した島宏美が、なぜ朝比奈の下の名前である『耕作』を、すんなりと口にできたのか。それほど、朝比奈耕作というフルネームが印象深く彼女の記憶に刻まれていたのか。

その疑問を頭の片隅に残したまま、朝比奈は答えた。

「ぼくも何作か、こうした『雪の山荘モノ』のバリエーションを書いたことがある。そして、実際にいま自分が登場人物の一人になってみると、小説と現実との大きな違いがはっきりとわかったよ」

「なあに、それは」

「少なくとも、二つの点が大違いだ」

朝比奈は言った。

「まず第一は、ぼくの作品も含めて古今東西の別荘モノのほとんどは、その場から逃げ出すのが不可能だという規制はあるが、少なくとも目先の食べ物に困るような状況はめったにない。ところがここは、食べ物はおろか水一滴もないという。だから、優雅にワインを飲みながら、犯人あてを楽しむ時間はないってことだよ」

「それから、もう一つは？」

「もう一つは、もっと根本的な相違だ。小説では、事件がいかなる展開になるのか、そして登場人物の運命がどうなるのか、すべては作者が神様のようにお見通しだ。ところが現実の世界では、一秒先の自分の運命について何一つわからない」

朝比奈は、表情を引き締めて言った。

「とりあえずは推理小説みたいに人が殺されていないだけまだマシだけど、もしもここから出られなければ飢え死にというありがたくない運命が待っている。しかも、その運命を避けることができるのか、それともできないのか、結末はぼくらにはまったく見えていない。正直いって、ほんの一、二分前までは、ぼくも推理小説の中の登場人物気取りでいたけれど……」

朝比奈は薄暗い天井に描かれたヴィーナスの姿を見上げながら、ため息をついた。

「ひょっとしたら、ぼくらはかなり大変な状況に陥っているのかもしれない」

そうつぶやいたとき、突然、高らかなトランペットのファンファーレが館じゅうに鳴り響いた。

# 七　邪宗門秘曲

それは、三本のトランペットによるファンファーレだったが、何十本ものトランペットが一斉に鳴り出したような迫力があった。

「なに、これ！」

島宏美が驚きの声をあげ、浜野由紀絵の身体がビクンと硬直した。朝比奈耕作も顔をこわばらせて、揺らめく蠟燭の炎に飾られた洋館の中を見回した。

トランペットによって三回同じ主題が吹奏されたあと、管弦楽の荘厳かつ躍動的なメロディが流れはじめた。

「ワーグナーだわ」

音楽の得意な浜野由紀絵がつぶやいた。

「ワーグナー？」

朝比奈が聞き返す。

「ええ、歌劇《オペラ》『タンホイザー』の第二幕第四場で奏でられる有名な入場行進曲です」

そう答えながら、由紀絵は震えた。

その震えが、彼女の手にした燭台に伝わって、蠟燭の炎が小刻みに揺れた。

「これは、かつて歌合戦に優勝してチューリンゲンの領主ヘルマンの姫エリーザベトの愛をかちえながら、突然そのもとを去った吟遊詩人のタンホイザーの物語なんです。彼はエリーザベトと別れてから、しばらくは異教の女神ヴェーヌスの宮殿で歓楽の世界に浸っていましたが、やがてそんな暮らしを悔い改めようと思い、人間界へ戻ることを願い、ふたたびチューリンゲンに帰ってくるのです」

「あなた、ずいぶん詳しいのね」

宏美が由紀絵に向かって言ったが、由紀絵はその言葉が聞こえなかったかのように、弦を中心としたオーケストラの調べにだけ耳を傾けながら、朝比奈への説明をつづけた。

「そして、ヴァルトブルク城で領主ヘルマンに温かく迎えられ、エリーザベト姫とも再会します。その歓びのうちに、城の大広間に騎士や貴族貴婦人たちが続々と集まってきて、まずは領主ヘルマンを称える大合唱がはじまるのです。その豪華絢爛な場面に流れる音楽がこれです」

「なんだか、いまにも向こうの壁のあたりから、そういった連中がゾロゾロと出てきそうだな」

奥のほうを見やりながら、朝比奈はつぶやいた。

いま流れている音楽は、おそらくＣＤかテープを再生したものだろうし、この薄暗い洋館のいたるところに、これだけの音量を出せるだけの再生装置が仕掛けられているのは間違いなさそうだった。

だが、あまりにも唐突にはじまった歌劇の一節は、舞台装置の雰囲気が整っているだけに、とてもCDなどの再生とは思えない迫力があった。まるで、すぐそこに宮廷お抱えの楽士たちがいて、生演奏で騎士や貴婦人たちの入場を迎えるために演奏をはじめたかのようである。

四方の壁を取り巻く蠟燭の炎の行列を眺めながら、朝比奈は、ディズニーランドの『ホーンテッド・マンション』の一場面を見るごとく、大広間に集う中世貴族たちの一団が半透明の姿で目の前に現れた幻覚に陥った。

洋館内部の匂いに慣れてきていた朝比奈の嗅覚が、ふたたび強いカビ臭さを感じはじめた。

「ワーグナーって、いつごろの時代の音楽家なんだ」

朝比奈がきくと、

「十九世紀の人です」

と由紀絵が答えた。

「でも、この歌劇のモデルとなったタンホイザーという吟遊詩人は、十三世紀に実在していた人物です」

「七百年以上前か……」

「ええ」

ますます、朝比奈の鼻孔を中世の匂いが刺激した。

もういちどファンファーレの主題が鳴り響いた。

そして、つづいて男声四部合唱がはじまった。

「騎士たちと貴族たちの合唱です」

手の震えを抑えるように燭台を両手でしっかり握りしめながら、浜野由紀絵がつぶやいた。

「このあとすぐに、女声四部合唱に移ります」

言ったとおりの展開になった。

「これは貴婦人たちが歌っている場面なんです」

その場面をじかに見ているような目つきで、由紀絵がつけ加えた。

やがて男声女声合わさっての混声合唱になり、オーケストラの調べも、主題を奏でるトランペットの響きとともに最高潮に達してきた。

島宏美、浜野由紀絵、そして朝比奈耕作の三人は、ある者はヴィーナスの飛び交う天井の宗教画を見上げながら、ある者は人の背丈の倍はありそうな巨大な十字架を見つめながら、またある者は無数の蠟燭の炎に見とれながら、金縛りにでもあったように硬直した姿勢のまま、歌劇がクライマックスに達するのを聞いていた。

およそ七分かかって大合唱の終わりまできて、トランペットの音色が余韻を残しながら消えようとしたとき、こんどは音楽に代わっていきなり女性の金切り声が響き渡った。

「薄暮《くれがた》のタンホイゼルの譜《ふ》のしるし……ながめては人はゆめのごとほのかにならぶ」

「な、なんだ」

朝比奈はびっくりして口走った。

「誰だ、この声は」

ヒステリックと表現してもよいほどキンキンと響く女の声は、さらにつづけた。

「廃《すた》れたる夢の古墟《ふるつか》、さとあかる我室《わがむろ》の内、ひとときに渦巻きかへす序のしらべ……管弦楽部《オオケストラ》のうめきより夜には入りぬる」

詩の一節らしきものをそこまで高らかに朗読すると、鼓膜をつんざくような金切り声はぴたりと止み、洋館にはさきほどまでの静けさがよみがえった。

「どこかにスピーカーがあるはずよ」

つとめて冷静な口調を保とうとしている島宏美は、天井を見上げた格好のまま言った。「きっと天井か壁の上のほうに埋め込まれているのよ。そして、そこにテープレコーダーがつながれているか、さもなければ誰かがどこかに隠れていてマイクでしゃべっているんだわ」

宏美は朝比奈に向き直った。

「ねえ、推理作家の先生、わかるでしょ。もっともらしく蠟燭なんかで飾り立ててあるけれど、この洋館にはちゃんと電気が通っているわけよ。入口のドアが開かないのも、きっと電気的にロックされたんじゃないかしら」

「ああ、そういうことになるかもしれないな。……ところで」

朝比奈は、もっと大事なことがあるというように、浜野由紀絵のほうを向き直った。

「いま女の声が朗読したのは、何かの詩だろう」

「ええ」

「きみは文学が得意だったけれど、あれが何だかわからないか」

「さあ……」

由紀絵は首を左右に振った。

「もしかして、北原白秋の詩の引用ということは考えられないかな」

「北原白秋、ですか」

「うん。ぼくのところに届いた招待状には、北原白秋の童謡作品の中で、マザー・グース的とでもいおうか、ちょっとゾッとする詩が掲げられていたんだ。『金魚』という題名なんだけど」

「『金魚』？」

「そう、奇妙な内容の童謡だ」

「私のところにきた招待状には、そんな詩は書いてありませんでした」

由紀絵が答えると、

「私のところに来た招待状にも、詩は書いてなかったわ」

と、島宏美も同じように否定した。

「そうか……じゃあ、ぼくのところへ来た手紙にだけ書いてあったのか」

「どんな詩なんですか、その『金魚』というのは」

「お母さんが買い物に出かけて、子供が留守番をしているんだよ。紅《あか》い金魚といっしょにね」

詩の内容を思い出しながら、朝比奈は言った。

「ところが、お母さんがなかなか帰らないので、淋しくなった子供は金魚を一匹突き殺すんだ」

「え……」

由紀絵が驚いた顔をした。

「そして、まだ帰らないので、子供は二匹目の金魚を、こんどは締め殺す。それでもまだお母さんは帰ってこない。お腹の空いた子供は、三匹目の金魚も捻《ね》じ殺してしまう、という内容なんだが」

「まあ……」

と、つぶやいたきり、由紀絵は黙りこくった。

「まるで『そして誰もいなくなった』の世界ね」

宏美が言った。

「十個のインディアン人形の代わりに、三匹の金魚、ってわけ」

「でも、ほんとうに北原白秋がそんな詩を書いていたんでしょうか」

信じられないという顔つきで、由紀絵がつぶやいた。

「書いていたんだよ」

朝比奈は言った。

「ぼくも気になったから、ここへ来る前に渋谷の大きな本屋に立ち寄って、白秋の詩集をパラパラ見ていたら、ちゃんと『金魚』が載っていた。大正八年に『赤い鳥』に発表された、白秋の童謡作品の中でも、ごくごく初期の部類に属するそうだ」

「でも、そんな詩の内容で童謡だといえるんでしょうか」

「浜野さんと同じ疑問をぼくも持ったし、詩集の解説を読んでわかったんだけれど、当時、西条八十《さいじょうやそ》からも強烈な批判があったらしい。あまりにも残虐な内容で子供たちに悪影響を与える、というふうにね」

「でしょうね」

由紀絵はうなずいた。

「でも、この批判に対して、北原白秋はこう反論しているんだ。児童が金魚を殺したのは、母親に対する愛情の具現だ、とね。しかも児童はその残虐行為を心から悔いている。自己の過失と悪とに向かって、つくづくと恐怖している、というんだ。これは児童の心の真実を表している、とね」

「そういう創作意図はわかるけど、童謡でそんなことを表現しても仕方ないんじゃないのかな」

島宏美は投げやりな言い方をした。

「いや、白秋いわく、童謡は芸術であって、私は教育用のみを目的として童謡は作らない、と述べている」

「ふーん……ま、私にとっては『金魚』っていう詩が童謡かそうでないかよりも、この洋館から早く出ることのほうが先決だわ」

と、宏美が言い終わるか言い終わらぬうちに、沈黙していた女の金切り声が、また響き渡った。

「北原白秋・作、『邪宗門秘曲《じゃしゅうもんひきょく》』!」

朝比奈はドキーンとして身をこわばらせた。

浜野由紀絵と島宏美の両方が、両側から朝比奈の腕をつかんだ。
三人の手に持つ燭台の炎が激しく揺れた。
詩の題名らしきものを一言叫んだあと、金属的な女の声は、何かに取り憑かれ、熱に浮かされたような節回しで朗読をはじめた。

われは思ふ、末世《まつせ》の邪宗《じやしゆう》、切支丹《きりしたん》でうすの魔法。
黒船の加比丹《かひたん》を、紅毛《こうまう》の不可思議国《ふかしぎこく》を、
色赤きびいどろを、匂鋭《にほひと》きあんじやべいいる、
南蛮《なんばん》の桟留縞《さんとめじま》を、はた、阿刺吉《あらき》、珍酡《ちんた》の酒を。

目見《まみ》青きドミニカびとは陀羅尼《だらに》誦《ず》し夢にも語る
禁制の宗門神《しゆうもんしん》を、あるはまた、血に染む聖磔《くるす》、
芥子《けし》粒を林檎《りんご》のごとく見すといふ欺罔《けれん》の器、
波羅葦僧《はらいそ》の空をも覗く伸び縮む奇なる眼鏡を。

屋《いへ》はまた石もて造り、大理石《なめいし》の白き血潮は、

ぎやまんの壺に盛られて夜《よ》となれば火点《ひとも》るといふ。
かの美《は》しき越歴機《えれき》の夢は天鵝絨《びろうど》の薫《くゆ》りにまじり、
珍《めづ》らなる月の世界の鳥獣《とりけもの》映像《うつ》すと聞けり。

あるは聞く、化粧《けはひ》の料《しろ》は毒草の花よりしぼり、
腐《くさ》れたる石の油に画《ゑが》くてふ麻利耶《まりや》の像よ、
はた羅甸《らでん》、波爾杜瓦爾《ほるとがる》らの横つづり青なる仮名《かな》は
美しき、さいへ悲しき歓楽の音にかも満つる。

「いや……朝比奈さん……怖い」
由紀絵は、朝比奈の肩のあたりに顔を埋めるようにした。
だが、金切り声の朗読はまだつづく。

いざさらばわれらに賜《たま》へ、幻惑の伴天連《ばてれん》尊者《そんじや》、
百年《ももとせ》を刹那《せつな》に縮め、血の磔《はりき》脊《せ》に死すとも

惜《を》しからじ、願ふは極秘、かの奇《く》しき紅《くれなゐ》の夢、
善主麿《ぜんすまろ》、今日を祈《いのり》に身も霊《たま》も薫《くゆ》りこがるる。

そこで、金切り声はピタリと止んだ。

ハーッと島宏美が長いため息をついた。

「なんだったの……いまのは」

「わからない」

朝比奈は率直に答えた。

詩の題名が北原白秋作の『邪宗門ヒキョク』というのはわかったが、耳で聞くだけでは『ヒキョク』という言葉にどういう字があてはまるのかもわからなかったし、詩の内容も即座に理解できかねた。

しかし、詩に込められた不思議な力のせいか、それとも正体不明の女の朗読の力か、朝比奈は圧倒されるようなエネルギーを全身に浴び、めまいすら覚えるほどだった。

「もう、やめてほしいわ」

突然、島宏美が大きな声で叫んだ。

「こんな悪ふざけにつきあわされるために、私はここへ来たんじゃないのよ」

赤いスーツを着た宏美は、朝比奈や浜野由紀絵に対してではなく、姿の見えない謎の女に向かって叫んでいた。

「いったいどういうつもりで、あなたは私たちをこんな家の中に閉じ込めたの。教えて……ねえ、教えなさいよ」

その場で声を張り上げれば、自分たちを幽閉した人物に聞こえると思っているのか、宏美は北に、南に、東に、西にと、あらゆる方向に向きを変えながら、叫んだ。

「もしかして、あなたは久本君なの？　そうなんでしょう、久本君でしょう。十五年ぶりのクラス会を呼びかけるようなフリをしておいて、ほんとうは私たち三人だけをここへ呼び寄せるのが目的だったのね」

「島さん」

朝比奈が、宏美の肩をつかんで言った。

「久本からの案内状と、この洋館への招待状はまったく別々にきたんだよ」

「いいえ、そうだとしても、絶対に彼が関係しているわ、久本君が」

宏美は興奮した口調で言い張った。

「だいたい朝比奈君に向かって、熊谷さんが死んだという嘘をついたことからして、怪しいじゃない。あなたの場合は推理作家だから、きっと死者からの招待状というような演出をしたほうが興味を引くと思って、そんな嘘をついたのよ。でも、私たち女は、かえってそんな嘘をつくと怖がるから、熊谷さんのことは何もふれなかった。……ね、そうなんでしょう。どうなのよ。私の声が聞こえているんでしょう。聞こえているんだったら、返事をしなさいよ」

暗く沈んだ天井に向かって、宏美は叫んだ。

と——

「熊谷須磨子は死んでいる」

いきなり、女の声が響いた。

宏美がいくら叫んだところで反応など返ってこないだろうと思っていた朝比奈は、びっくりして燭台を高くかざし、あたりに目を走らせた。

「熊谷須磨子は死んでいる」

女の声が繰り返した。

浜野由紀絵が、燭台を持っていない片方の手で、朝比奈の腕をさらに強くギュッとつかんだ。

「熊谷須磨子は死んでいる」

また、女の声が同じ言葉を言った。

あまりにも機械的な繰り返しだったので、朝比奈はつぶやいた。

「あれは島さんの言葉に反応して答えているんじゃない。あらかじめテープに吹き込まれた言葉が自動的に繰り返されているだけだ」

「きっとそうね。……でも、あの声に聞き覚えがある？」

宏美がたずねたが、朝比奈は首を横に振った。

「ぜんぜん心当たりがないね」

「由紀絵は？」

いつのまにか、むかしのように下の名前で呼びながら、宏美は浜野由紀絵にたずねた。「私も……おぼえがないわ」

「もしかしたら、あの声が熊谷さんだということはないかしら」

宏美が言った。

「ね、そう思わない？やっぱりここへ私たちを誘ったのは、久本君とそれから熊谷さんなのよ。だけど、何かの意図があって、私たちを怖がらせるために、彼女は死んでいることにしているんだわ」

「だけど何のために」

朝比奈がきいた。

「もしもこれが久本と熊谷さんが共同で仕掛けた芝居だとしても、何のために彼女たちはこんなことをするんだ」

「たとえば……」

由紀絵が小声でつぶやいた。

「復讐……とか」

「ええ」

由紀絵は、聞き返した朝比奈にうなずいた。

「もしかして、中学校時代に熊谷さんが私たち三人に何かの怨みを持っていたとは考えられないかしら。そして、その怨みを晴らすために、彼女は私たちをこの洋館に呼び寄せた……」

「馬鹿馬鹿しい」

宏美が吐き捨てるように言った。

「さっきあなたも言ったじゃない。同じクラスにいても、あの子とはほとんどつきあわなかったって」

「ええ」

「だから、怨まれるもなにもないわよ。それとも由紀絵には何か心当たりでもあるの」

「いえ……私もないけど……」

「朝比奈君は？」

「ぼくもさっき言ったとおりだ。一時期、彼女と席が隣りだったけど、どちらかがどちらかを好きだったとか、そんな特別な感情は持っていなかったからね」

「じゃあ、誰も熊谷さんに怨まれるおぼえはないわけね」

「それはわからないわ」

由紀絵が言った。

「私たちが知らないうちに、あの人を傷つけていたかもしれないじゃない」

「考えすぎよ」

宏美が言った。

「だいたい、熊谷さんて、それほどナイーブな子だった？　それに、あの子は三年の秋に転校していったでしょ。お父さんが、どこか海外に行くとかで」

「ええ……バハマだったと思うわ」

「だったら、仮に私たちに対して何か反感を抱いていたとしても、そんなのは過去の出来事になっているんじゃないかな」

「でも、招待状に書かれたことを信じるならば、熊谷さんはクラス会の前に、私たちに何かを話したいと言っているのよ」

「だからね由紀絵、そういうのも何もかも、久本君と熊谷さんがペアを組んで仕組んだお芝居という可能性があるわけよ」

「その考え方には無理があると思うな」

朝比奈が異論をはさんだ。

「転校してしまった熊谷須磨子と久本とが、十五年経ったいまも何かの接点を持っていたというのは考えにくい。それになあ……」

朝比奈は、まだこだわっている言い方をした。

「あの正直者でひょうきん者の久本が、こんな悪趣味な演出をするなんてどう考えても信じられない」

「だから何度も言ってるでしょう、朝比奈君。中学時代の物差しのままでクラスメイトを見ちゃダメだって」

宏美は、力を込めて言った。

「そういう意味でも、私、十五年ぶりのクラス会って気乗りがしないのよ。だって、私たちがクラスメイトだったのは、たったの一年。中学時代ぜんぶを入れてもたったの三年でしょ。でも、そのあとに『空白の十五年』があるわけよ」

宏美は早口でまくし立てた。

「その間に、おたがい何があったかわからないわけでしょう。どんな人生観の変化があったかわからないし、道徳観や経済的な価値観だって、どれくらいおたがいに違ってしまったかもわからない。おまけに、十五年の間にそれぞれがどんな人脈を作っているかもわからない。極端な話をいえばよ、中三のときはとっても素直でいい子だった人間が、いまやヤクザの世界と深いつながりを持ってしまった、というケースだってじゅうぶん考えられるじゃない。そうした十五年の歴史に目をつぶって、いきなり、同じ学び舎《まなや》で過ごしたあの日に帰ろうといったって、それは不自然だし、あまりに危険な発想よ」

「危険ねえ……」

朝比奈は、納得しない口ぶりで言った。

「そこまでクラスメイトをさめた目で見るのはどうかなあ」

「いいえ、十何年ぶりのクラス会というのはね、それくらいの冷静さをもって出席すべきものだと思うわ。とにかく、みんなどんなふうに変わっているかわからないんだから」

「変わった、変わった、っていうけど、じゃあ島さん、きみもそうなのかな」

「私もそうなのか、って？」

「きみも十五年の間に、何か大きな変化をとげてしまったわけ？　見た目には少しも変わらずにきれいだけれど、内面では、中三時代のスポーツ美少女島宏美から、大変身をとげてしまったのかな」

朝比奈の言葉に、宏美は返答に詰まった。

そして、怒ったように言った。

「知らないわ、自分のことなんて」

「だけど、いまの島さんの話を聞いていると、自分が大きく変わったからこそ、他の人間の変化にも敏感になっている気がして仕方ないんだけどな」

と、朝比奈がさらに話を継ごうとしたとき、あたりが急に暗くなってきた。

「うん？」

朝比奈は話を途中でやめて、自分の燭台に目をやった。

いままで安定した炎を輝かせていた三本の蠟燭が、ジジジジという音を立てながら急に不安定な揺らめきをみせ、炎が何度もまたたきながら消えかかろうとしていた。

それは宏美や由紀絵が持っている燭台も同じだった。

いや、それだけではない。洋館の内部に飾られていた無数の蠟燭が、いっせいにその炎を縮めながら、輝きを失おうとしていた。

「どういうこと……」

宏美が硬い声を出した。

「まだロウソクの長さはじゅうぶんあるのに」

「あ……消えてしまったわ」

由紀絵の声がした。

彼女の手にしていた燭台で輝いていた三本の蠟燭がいっぺんに消え、由紀絵の顔がオレンジ色から薄墨色に変わった。

「私のも」

つづいて、宏美の持っていた燭台も、その明かりを消した。

「風か?」

朝比奈は反射的に自分の燭台を片手で囲った。

「風が吹いてきたのか」

「ちがうわ。風なんかぜんぜんない」

宏美が答えた。

「風もないのに蠟燭が消えちゃったのよ」

「朝比奈さん、たいへん」

由紀絵が震える声でいった。

「まわりの蠟燭もどんどん消えていくわ」

無限につながるオレンジ色の炎の行列が、いたるところで闇に変わっていった。

そして、炎がひとつ消えていくたびに、三人の周囲はどんどん暗くなっていく。

「嘘でしょう……」

いままで強気の姿勢を崩さずにいた島宏美が、はじめて不安を隠せぬ声をもらした。

「このまま真っ暗になっちゃうなんて、嘘でしょう」

はじめのうちは少しずつ消えていった蠟燭が、その消失の速度を速めていった。

壁や窓枠の周囲に飾られていた燭台は、いまやほとんどがその輝きを失い、かろうじて奥の十字架の周辺と、それから朝比奈が手にしている燭台だけが、弱々しい明かりを保っているだけになっていた。

洋館の中は、消えた蠟燭から立ちのぼる独特のロウの匂いが充満して息苦しいほどになっていた。

「まいったな……」

朝比奈も困惑を隠せずにつぶやいた。

「このまま真っ暗になったら、えらいことになる」

やがて、朝比奈の持っている燭台に立てられた三本の蠟燭のうち、二本までが白い煙をたなびかせて消えてしまった。

そして、数秒のちに祭壇に祀られていた十字架が見えなくなった。

「いや……ん……」

由紀絵が、なんとも頼りない声をあげた。

カビとロウの匂いが充満する洋館の中で、明かりは朝比奈の燭台に残された、たった一本の蠟燭の炎のみになった。

# 八　金魚を一匹突き殺す

突然の暗転がどういった理由で生じたのか、朝比奈が突き止めるのにそれほど時間はかからなかった。

洋館の中で燃え盛っていた蠟燭には、二つの細工が施されていた。

まず第一に、芯の長さがほんのわずかしかなかった。

どの蠟燭も本体はまだ十センチほどの長さを余しており、燃え尽きるまでに八時間ていどはあると思われていた。ところが、その中心部に埋められた芯は、炎に包まれていたほんの数ミリの部分だけだったのである。

ただ、朝比奈が手に持っている燭台のうち、一本だけがまともに芯が付いていたので明かりが生き残ったのである。

そのたった一本の蠟燭の灯を頼りに、朝比奈は二人の女性を連れて、洋館内部のチェックに取り掛かった。

だが、何百本という蠟燭が輝いていたさきほどまでとは違い、室内は真っ暗闇になったも同然だった。

小規模の美術館ていどの広さを持ち、高さ十メートルにも及ぶ吹き抜けになっている洋館の中では、蠟燭一本の明かりなど、ないよりまし、といった程度の照明効果しかなかった。

もはや朝比奈がどんなに高く蠟燭をかざしても、天井の宗教画に描かれていたヴィーナスの裸身は闇に溶け込んで見えない。

また、全部で十六ヵ所ある窓も、正面の四ヵ所以外は、外に生い茂る樹木に覆われて月明かりをまったく遮っていたし、正面に設けられた窓からもこれといった明かりは入ってこない。洋館周辺には街灯が設けられていないからだ。

この暗がりの中では、新たに脱出路を見つけようと思っても無理な話だった。おまけにへたに動き回ると、人が巻き起こすちょっとした風で、唯一の頼みである蠟燭の火まで消えそうになってしまう。

間の悪いことに、朝比奈はタバコを吸わなかったからライターやマッチを持ち歩く習慣はなかったし、浜野由紀絵も島宏美もノンスモーカーだったので、彼女たちが肩から下げているバッグには、やはりそういった物は入っていなかった。

三人ともライターやマッチを持たないとなると、いま点いている蠟燭の明かりが消えてしまえば、それに再び火を灯すことはできないのだ。

館内をぐるっと回ったところで、朝比奈は二人の女性をもういちど玄関のそばまで導いた。

「いよいよおかしな成り行きになってきたな」

燭台からはずした生き残りの蠟燭一本を片手に持って、朝比奈は小声で言った。

「ぼくらをこの洋館に招いた人間が誰であれ、どうやらかなり用意周到な準備をもって舞台演出を考えていたらしい。そして、少なくともその人物の狙いの中に、ぼくらを怖がらせる目的が含まれているのは確実だ」

「季節はずれのお化け屋敷なんて、経験したくないわよ」

宏美は強がりを言ってみせたが、その声にはもはや迫力が感じられなかった。

「とにかくちょっとここに腰を下ろさないか」

朝比奈は、足元の赤絨毯を指した。

「きみたちのスーツやワンピースが、この埃だらけの絨毯で汚れてしまうかもしれないけれど、じっくり腰を落ち着けてこれからの行動を考える必要がある」

「じっくり腰を落ち着けて……ですって？」

宏美が、反対の意志を含んだ声で言った。

「逃げ道が見つからなかったら、窓を割って助けを呼ぶんじゃなかったの」

「それはいつでもできる。だけど、そういった行動はかなり慎重に考えてから行動に移したほうがよさそうだ」

「どうしてですか」

由紀絵がたずねた。

「いまも言ったように、ぼくらをここへ閉じ込めた人間は、かなり計算ずくでいろいろな仕掛けを企んでいる気がする。たとえばぼくら三人を時間差で招いたことも、その計算のひとつだと思う」

「島さんが三時、私が五時、そして朝比奈さんが七時にここへ来るように指定されたことですか」

「うん。ただし、その時間差の目的が何なのか、まだぼくにはわからない。しかし、ぼくの到着を見計らったようにして、蠟燭がこの一本を残してぜんぶ消えてしまうように計算をしているところなど、相手はタイムスケジュールにのっとったシナリオを用意してるとしか思えない。それにこの蠟燭だって、わざわざぼくの手に取りやすい場所に置いてあった」

「それで？」

宏美が先をうながした。

「シナリオができているからどうだっていうの」

「相手の狙いが、たんにぼくらを怖がらせるだけなのか、それともそれ以上の目的があるのかは不明だが、その人物は、つぎにぼくらが取る行動を確実に予測していると思うんだよ」

「…………」

「いいかい、この洋館の唯一の出入口とみられる扉は、どういう仕掛けかわからないが、ともかく完全にロックされてビクとも動かない。そして、さっきまでキラキラと輝いていた蠟燭の群れも、いまや火が灯っているのはこの一本だ。おまけに、この家の中には食糧はないし、水一滴補給することもできない。となると、ぼくらが次にやりそうなのは、あの窓ガラスを破って助けを求めることだと、相手も予測済みのはずだ」

「予測されていたって構わないじゃない」

「相手が黙ってそれを許すと思う？」

「…………」

朝比奈の問い返しに一瞬口をつぐんでから、宏美は言った。

「じゃあ、ガラスを割った瞬間に、なにかとんでもない出来事が起きるとでもいうの。たとえば、この屋敷ごと爆発しちゃうとか」

「そうならないという保証はないだろう」

「まさか……そんな」

「だけど、きみはあと八時間も持つはずだった蠟燭が、こんなふうに一斉に消えると予測できたかい」

「それは……できなかったけど」

「ぼくだって予測できなかった。まさか、何百本という数の蠟燭が、長さをたっぷり余しているにもかかわらず、一斉に消えるなんてね。……でも、その『まさか』が起こったんだよ。だから、二度目の『まさか』が起こらないと、誰が言い切れる？」

「だったらどうすればいいのよ」

苛立ちを隠しきれぬ口調で、宏美は言った。

「まずはじっくりと状況を話し合ってみるのが先決だ。ここへ腰を下ろしてね。ガラス窓を破るのは、それからでも遅くはない」

そう言うと、朝比奈は二人の女性の同意を待たずに、自分から絨毯の上にあぐらをかいて座り込んだ。

唯一の光源である蠟燭は朝比奈が持っていたので、彼が座ると同時に、宏美と由紀絵の顔は周囲の闇に溶け込んだ。

それが怖かったのか、浜野由紀絵があわててしゃがみこみ、ライトブルーのワンピースの裾をたくしこむように気遣いながら、脚を斜めにそろえて朝比奈の右隣りに腰を下ろした。

それを見て、仕方なしに島宏美も、真っ赤なスーツのスカートの膝を抱え込むようにして座った。

　そして、

「このスーツ、高かったんだから」

　と、一言つけくわえるのを忘れない。

「まず考えなければならないのは、たびたび言っているように、ぼくらをここに閉じ込めた人間の目的だ」

一本だけ残った蠟燭をもういちど燭台に差し、車座になった三人の中央に置くと、朝比奈は検討の口火を切った。

「こんなことを言って二人を怖がらせるつもりはないんだけれど、ミステリーの場合は、登場人物がこのような洋館に閉じ込められた場合、そこで殺人が起きるものだと相場が決まっている。それも、連続殺人だ」

「いやっ」

　と、由紀絵がか細い声を出した。

「殺人だなんて……」

「しかも殺人犯人は、必ず閉じ込められた数人の中にいる。つまり、被害者になりうる立場で脅えたふりを装いながら、限定空間の中でつぎつぎと殺人を犯していくんだ」

「そんな怖い話やめて……朝比奈さんの顔も怖い」

と言って、浜野由紀絵は両手で顔をふさいだ。

「ぼくの顔が怖いのは、この蠟燭の明かりのせいだよ」

朝比奈は苦笑して言った。

「真っ暗闇の中でこんな乏しい明かりに下から照らされれば、誰だって怖い顔になる。きみたちだって、美女というよりは幽霊みたいな顔をしてる」

「やめて」

「やめてよ、朝比奈君」

由紀絵だけでなく、宏美までが怒った声を出した。

「あなたがよけいに怖がらせてどうするのよ」

「これも犯人の戦略だといいたいのさ。……あえて『犯人』という呼び方をさせてもらうけどね」

真面目な表情に戻って、朝比奈が言った。

「犯人は、こうした空間に閉じ込められた人間の心理をじゅうぶんに計算しつくしたうえで、今回のような行動に出ているんだと思う。最初に、この洋館の中を無数の蠟燭の輝きで埋めつくし、少なくとも数時間はその明かりが持つとみせかけておいて、突然の闇を訪れさせる。しかし、まったくの暗闇にするのではなく、こうやって一本だけ明かりを生かしておく。いきなり極限のパニックへ導かずに、じわじわと真綿で首を絞めつけるような恐怖感を与えるつもりなんだ」

「じわじわと……恐怖を？」

「そうだよ、島さん。たとえば、蠟燭一本の明かりで三人の顔が照らし出されたときの恐怖効果というものも、犯人はきっと計算に入れていると思うんだ」

その言葉に、両手で顔をふさいでいた由紀絵が、その手をはずして朝比奈を見つめた。

「いいか、浜野さん」

朝比奈は、彼女に向いて言った。

「この雰囲気に吞まれたらダメだ。とくにきみは気が弱いみたいだけれど、まずは自分に言い聞かせてほしい。ここはお化け屋敷ではないのだと」

「……はい」

朝比奈の瞳を見つめて、由紀絵はうなずいた。

「おそらく犯人は、ぼくが推理作家であるのも承知でここに招いたのだと思う」

冷静な口調で朝比奈はつづけた。

「推理作家というものは、一般の人間よりもこういった恐怖状況における想像力はたくましくするものだ。だから、犯人はぼくにそうした役割を期待しているにちがいないんだよ。わかるかな」

朝比奈は、二人の女性を交互に見つめた。

「いま、連続殺人うんぬんといった話をあえてしたのも、ぼくがそういう方向へ場の雰囲気をリードするだろうと犯人が期待しているとみたから、わざとその手にのってあげただけなんだ」

「じゃあ、朝比奈君は本気で思っていないわけね」

宏美が言った。

「なにを？」

「この場で連続殺人が起きるということを、よ」

「少なくとも、ぼくら三人のうちの誰かが犯人となって、連続殺人が起きるとは思わない。そんなことを疑い出したらキリがないだろう」

「そう……」

膝を抱えた格好で座っている宏美は、ちょっと視線を床に落とし、そのままの姿勢でつぶやいた。

「でも、私はまだ完全に信じ切れないいな」

「なにを信じ切れないんだ」

「あなたをよ、朝比奈君」

「ぼくを？」

「そう」

宏美はパッと顔をあげ、朝比奈を睨みつけるようにした。

「私たち二人を先にこの洋館へ閉じ込めておいて、そのあとから三人目の招待客のようなふりをして、『犯人』であるあなたがやってくる——そういうストーリーじゃないと言い切れるかしら」

「もちろん言い切れないよ。ぼくが『犯人』でないのは、あくまでぼく自身しか知らないことだからね」

落ち着いた表情で朝比奈は答えた。

「でも、同じ理屈がきみにもあてはまるのを忘れないでほしい」

「私にも？」

「最初からきみが『犯人』としてこの洋館にいて、浜野さんとぼくがやってくるのを待ち構えていた、という構図だってあるだろう」

「……まあね」

憮然とした顔つきで、宏美は認めた。

「お昼の三時にここへやってきた、というのは、私以外に証明してくれる人はいないもんね」

「だろ？　そうやっておたがいを疑心暗鬼に陥らせるのが、犯人の計算なんだ。その罠にはまらないようにしよう。だから、まず約束だ」

朝比奈は、島宏美と浜野由紀絵の顔をしっかり見つめて言った。

「どんな状況がふりかかってきても、三人はおたがいを信じて行動することだ。言葉を換えていえば、自分以外の二人に対して、疑惑の目を向けないこと。いいね」

「はい」

由紀絵はすぐ素直にうなずいたが、宏美はまだためらいの表情をみせていた。

「どうしたんだ、島さん」

朝比奈は、少し強い調子で言った。

「その前提条件が守れないのなら、このつぎに突発事件が起きたとき、ぼくら三人は精神的にバラバラになってしまうぞ」

「だけど……」

「島さん、きみはアガサ・クリスティの『そして誰もいなくなった』を読んだのだろう。それから映画も見たんだろう」

「え？　ええ」

「だったら、あの作品のラスト近くの展開を思い出してほしいんだ。……浜野さん、きみは知ってる？」

「いいえ、私は推理小説は……」

「……ああ、そうだったね。じゃあ、簡単に説明するとこういう話なんだ。外界と隔てられた島にある別荘に十人の人間が招待される。そして、一種の閉鎖空間である島の中で、その招待客たちがつぎつぎと殺されていく」

「殺されていくたびに、別荘に置いてあった十個のインディアン人形が一個ずつ減っていくわけよ。『マザー・グース』の童謡にからんでね」

宏美が補足した。

「しかも、童謡の歌詞に描かれたとおりの死に方で、一人、二人、三人と殺されていくんだ。そして七人が殺されて、残り三人になったとき、三人がどのような心理状態になったか、それを思い出してほしいんだよ、島さん」

朝比奈は、ふたたび島宏美に顔を向けた。

「さらに、残り三人の中から一人が殺されて二人きりになったとき、おたがいがどれほどパニック状態に陥ったか……覚えているだろう、島さん」

「ええ、覚えているわ」

「あの作品の最大の見どころは、犯人の意外性もさることながら、ラストで三人、二人と生き残りが減っていったときの恐怖心理の描写、そこなんだよ」

「わかるわよ」

「わかっているんだったら、ぼくたちがそこに陥らないようにしなくちゃ。ぼくはそれを言いたいんだよ」

「…………」

「ぼくたちが置かれたいまの状況は、いわば『そして誰もいなくなった』の前半と中盤をはしょって、いきなりラストまぢかの場面からはじまったようなものなんだ」

宏美を見つめながら、朝比奈はつづけた。

「この三人がそろって被害者側の気持ちでいるときはいい。でも、三人の中に仕掛け人がいるのでは、と疑い出したらとんでもないことになる」

「わかったわ」

短い吐息をついて宏美が言った。

「少なくとも、この家の外に出るまではみんな味方よ。これでいい？」

「なんだか無理やり思い込んでいるみたいだけどね」

「仕方ないじゃない。あなたが推理作家だと聞いてから、ますます怪しいなって思っているんだから」

「だったら、それでもいいよ」

朝比奈は肩をすくめた。

「変わった人間だとみられるのには慣れているからね。……さてと、それよりも話を元に戻そう。ぼくらをここに閉じ込めたやつは、いったい何を狙っているのか。それを考えるには、まずこの三人に共通するものを見つけ出すべきだと思う」

「三人の共通点……ですか」

由紀絵がきいた。

「うん。このあと、さらに四人目の招待客が来るのかどうか知らないけれど、ぼくら三人がここへ招かれたのは、当然、同じ理由によるものだと考えなくてはならない」

「招待状には、熊谷須磨子さんが折り入って話をしたい、と書いてありましたけれど」

「でも、彼女が生きているのか死んでいるのか、それもはっきりしない状況となっては、あの文面を鵜呑みにすることはできない」

「ええ、そうですね」

「私たち三人の共通項といえば、たった一つしかないわよ」

宏美が断定的に言った。

「同じ中学の、同じクラスにいた。これだけよ」

「まあ、それが基本的な共通項なのはたしかだけどね」

「ただし、私と由紀絵だけの共通項ならあるわよ。二人とも女の子の中で抜群の優等生だった」

「島さんはそうだけど、私はちがうわ」

由紀絵が、謙遜するように言った。

「だって私は、運動がぜんぜんダメだったもの。島さんみたいに、勉強もできるしスポーツも万能っていう人がすごく羨ましかった」

「まあ勉強のことよりも、きみたち二人だけの共通項だったら、なんといっても美少女だったという事実を真っ先にあげなくちゃ」

朝比奈が言った。

「だけど、個人個人の特性についての共通項ではなくて、もっと別の視点から考えられないだろうか。たとえば人間関係という面で」

「人間関係？」

「そうだよ。さっき浜野さんがこう言っただろう。熊谷さんがぼくら三人に怨みを持っていたことはなかったか、と。そういう見方からの共通項だよ」

「あんまりないんじゃない」

宏美は首を振った。

「私も由紀絵も、誰かに怨まれるようなタイプじゃなかったもん。とくに由紀絵みたいにおとなしい子は、絶対に敵がいないわよ」

「ぼくは？」

「朝比奈君にはいたかもね」

と、宏美はあくまでそっけない。

「ただね、嫌われたり怨まれたりというマイナス面ではなくて、好かれていたというプラス面では、三人に共通するものがあったと思うわよ」

「へえ……それは?」

「筒井先生よ」

宏美は言った。

「すごく内気で、生徒やお母さん方からいじめられていた先生だったけれど、私たち三人に対しては、とっても優しかったじゃない。というよりも、頼りにしていたというか」

「ああ、それはすごく感じたわ」

由紀絵も同意した。

「あの先生と親しみをもって話をしていたのは、私たちくらいかもしれない」

「いまの時代のほうがもっとそうだろうけど、中学の先生は大変だったろうと思うよ」

朝比奈は、むかしを思い出しながら言った。

「なにしろ男子だけじゃなくて女子も、中学に入ると一気に扱いにくい存在になるからな。特別ぼくらのクラスが不良ぞろいだったとは思えないけど、反抗期の弱い者いじめの標的が、生徒の中の誰かではなくて、筒井先生に向けられてしまったきらいはあったよな」

「きれいな先生だったのにね」

浜野由紀絵がポツンとつぶやいた。

「メガネなんかかけずにコンタクトにすれば、もっともっと魅力的だった気がするけれど、なんだか、あのきまじめな眼鏡のフレームに自分というものを押し込んで、じっと身をすくめていたみたい……」

「さすが由紀絵、観察が文学的ね」

「そうだわ」

ふと思い当たったように、由紀絵が言った。

「朝比奈さん、矢島君のことおぼえています？」

「ああ、あのワルね。おぼえているよ」

朝比奈はうなずいた。

「筒井先生イジメの最先端をいっていたやつだった。ホームルームの前に、教室の出入口を封鎖して先生が入ってこられないようにしたり、出席簿に男のヌード写真をはさんだり、授業で筒井先生に指されたら、いきなり立ち上がってパンツごとズボンを下ろしたり……。とにかく、筒井先生をいたぶるためなら何だってやった男だったな。

あいつが過激なことをやるから、他の連中も調子に乗ったんだ」

「でも、男子生徒の中で朝比奈さんだけは、そういった仲間に加わらなかったでしょう」

「むかしからぼくはフェミニストだったからね」

朝比奈は冗談ぽく言って笑った。

「女の人をいじめるなんて、とんでもないと思っていたよ」

「そういう朝比奈さんに、矢島君はとても反感を持っていたでしょう」

「ああ、二言目には『いい子ぶりやがって』とか言ってね。ただ、ぼくはグラウンドで走らせたら短距離も長距離もクラスで一番だったろ。そういった部分があったから、あいつもぼくには一目おいて、口先以上の攻撃はしてこなかったんだよ」

「その『いい子ぶりやがって』というセリフは、私や島さんに向かっても言ってたんですよ」

「そうなの？」

「ええ。おまえや島や朝比奈は、筒井先生の子飼いだって」

「そうかあ……。なにがなんでも、クラスじゅうでよってたかって筒井先生をいじめなくちゃ気が済まなかったのかな。そういえばあいつ、中一や中二のときはメチャクチャ厳しい男の担任だったから、ずいぶん抑圧されていたんだよな。その反動が、三年になっていっぺんに出たんだ」

「ですから……」

斜め座りしていた膝に手をあてた格好で、由紀絵は朝比奈のほうに身を乗り出した。

「矢島君だったら、私たち三人に対して共通してよくない感情を持っていたと思うんですけれど」

「でもねえ」

朝比奈は、それは疑問だというふうに首をかしげた。

「中学当時にいやがらせを受けたのならともかく、十五年も経ったいまになって、彼がぼくらにそんな仕返しをするとは思えないね」

「それは……そうですね」

由紀絵は自分の意見を撤回して黙りこくった。

「ねえ、朝比奈君」

しびれを切らせたように、宏美が言った。

「こんなことをグチャグチャ話し合ってないで、早くあそこの窓ガラスを割って助けを呼びましょうよ。くどいようですけど、私はあなたとちがって四時間も……いえ、四時間半もここに閉じ込められているのよ」

宏美に言われて、朝比奈は腕時計を蠟燭の明かりにかざしてみた。

七時三十五分——

すでに朝比奈が閉じ込められてからでも三十分以上が経過していた。

「あなたがやってくれないなら、私がやるわよ。そこらへんにある燭台をぶつければ、あんなガラス、簡単に割れちゃうはずだから」

宏美は、いまにも立ち上がってそうしたいといったそぶりをみせた。

が、朝比奈ではなく、由紀絵がそれをとどめた。

「島さん、もう少しだけ考えましょうよ。朝比奈さんが言うように、ガラスを割ったとたん、どんな反応が返ってくるかわからないんですもの」

「考えるだけじゃ、なんにも事は進展しないのよ」

「でも……」

「それにね、由紀絵」

相手の言葉をさえぎるようにして言った。

「私には、一刻も早く外に出たい理由があるのよ」

「なあに、何か約束でもあるの」

「……もう、鈍い人ね」

宏美はイライラした口ぶりで由紀絵に文句を言った。

「四時間半も前から外に出られずにいる私にとって、喉が渇くだけが生理現象だと思ってるの？」

「…………」

「朝比奈君の前で申し訳ありませんけど、私はね、おしっこがしたいのよ」

美女の口からはっきりと『おしっこ』という言葉が発せられたので、由紀絵だけでなく、朝比奈もハッとなった。

「机上の空論ばかり並べ立てている推理作家の先生は、こんなこと考えたこともないでしょう。謎の別荘に閉じ込められた登場人物が、トイレに行きたくても行けない状況に陥るなんて」

「ああ……まあね……」

「もう一回言わせていただきます。私はおしっこがしたいの。犯人の目的がどうだとか、三人の共通項がどうだとか、そんなことはどうでもいいの。私はトイレに行きたいのよ。それとも、どこか部屋の隅っこにでも行って、遠慮なくしなさいっていうの」

宏美に畳みかけられて、さすがに朝比奈は言葉を返せなかった。水分の補給問題が気になってはいたが、その逆のことは考えもしなかった。

たしかに、この一見洋館風の家の実態は、たんなる巨大な空き箱だった。最初からこういう設計にしたのか、それとも元はちゃんとした家の機能を備えていたのに、後から意図的にすべての設備を取り払ったのか。ともかく、トイレがないという現実は、閉じ込められた人間にとって、水道がないのと同じくらい大きな問題だった。

しかも、男が一人に女が二人という異性のまじった組み合わせでは、勝手にそこらでするわけにはいかないという羞恥心の問題もある。

すでに、その現実を突きつけられた浜野由紀絵は、当惑の表情を隠せずにいた。

性格的な面からいって、島宏美の場合は、いざとなったら割り切って事を済ませるだろうが、浜野由紀絵は無理だろう。いくら部屋の内部が広くて、闇に包まれているといっても、朝比奈のいる前で用を足すような勇気は、彼女は持ち合わせていないはずだ。

その意味でも、女性たちは精神的に追い込まれていくはずだ。

朝比奈は、ますます仕掛け人の計算に感心すると同時に、腹も立ってきた。

「よし、わかった」

朝比奈は、自分の膝を叩いて結論を出した。

「ぐずぐずできない状況はじゅうぶんに理解したよ。窓を割ろう」

そう言って立ち上がろうとした瞬間、暗闇の中に女の金切り声が響いた。

「割ったら死ぬぞ！」

朝比奈は動作を途中で止めて目を見開き、由紀絵はキャッと悲鳴をあげ、宏美は無言で片手を口にあて、宙を見つめた。

「割ったら死ぬぞ！」

女の声が繰り返した。

朝比奈の背筋を、冷たいものが駆け抜けた。

「聞かれている」

朝比奈は言った。

「ぼくらの会話は聞かれているぞ。そうじゃなきゃ、こんなにタイミングよく反応はしないはずだ」

「割ったら死ぬぞ！」

三度同じ言葉を繰り返してから、女の金切り声は別のセリフになった。

「死にたければ割れ！」

由紀絵が、朝比奈にしがみついてきた。

その身体は、痙攣と呼んだほうがいいくらいに激しく震えている。

「死にたければ割れ！」

また同じセリフが繰り返された。

がらんとした洋館に、その声が大きくこだまする。

さきほどまでの明かりのある状況とちがって、暗闇の奥から吠えるように聞こえて来る声は、数倍恐怖感をともなうものだった。

考えた。

(誰だ……これは誰の声なんだ……)

由紀絵の片手をしっかりと握り返してやりながら、朝比奈は真っ暗な闇を見つめて考えた。

(どこかで聞いたような声でもある。……でも、どこで聞いたんだ)

「死にたければ割れ！」

三度目の繰り返しだ。

若い女性なのか、それとも年配の女性なのか、そこまでは見当がつかない。

しかし、この金属的な声には、たしかに聞き覚えがあるのである。

「母さん、母さん、どこへ行《い》た」

金切り声が、詩を読みはじめた。

さきほど『邪宗門秘曲』を朗読したときよりも、もっとヒステリックな、もっと狂気に満ちた声である。

「紅《あアか》い金魚《きんぎょ》と遊《あそ》びませう」

「『金魚』だ……」

つぶやく朝比奈の全身に、ざわざわと鳥肌が立ってきた。

不吉な予感が彼を襲った。

北原白秋の童謡の詩が、どんな内容のものだったか、女の朗読を待たずとも、すでに彼の脳裏には、その言葉が駆け巡っていた。

女は——たぶん意識してやっているのだろうが——本来は『遊びましょう』と読むべきところを、詩の原文に記された旧かなづかいの文字づらどおり、『遊びませう』と発音した。

その『せう』が、なんともいえぬ奇怪な雰囲気を醸し出した。

「母さん、帰らぬ、さびしいな」

女はつづけた。

「金魚を一匹突き殺す……」

出た、と思った。

殺人を予感させる、恐れていたフレーズが……。


しん、となった。

朗読はそこで終わったのだ。

だが、いつまたはじまるかもしれぬ女の金切り声に備えて、朝比奈たち三人は、蠟燭一本の明かりの中、息をひそめて暗黒の宙を見つめていた。

十秒経った。

二十秒経った。

そして、三十秒が経った。

ようやく朝比奈が緊張をゆるめて、フーッと長いため息をついたとき、耳をつんざくようなけたたましい笑い声が響き渡った。

「ほーっほっほっほっほっほっほっ」

由紀絵は、朝比奈の胸に顔をうずめた。

「ほーっほっほっほっほっほっほっ」

朝比奈は、自分の身体がガクガクと震えているのが、たんに由紀絵の痙攣が伝わっているだけなのか、それとも自分自身の恐怖のためなのかわからなくなっていた。

「カーテンの裏を見よ」

女の声が言った。

「カーテンの裏を見よ」

「何度も繰り返さないでよ！」

宏美が叫び返した。

「カーテンの裏を見よ」

「うるさいわね。カーテンの裏に何があるっていうのよ」

しん、となった。

「あの細長い窓の両側には、厚手のカーテンが束ねられていたはずだ」

由紀絵を抱えるようにしながら、朝比奈は小声でささやいた。

「そこに何かがあるんだろう」

「何かって」

「さあ……」

「まさか……」

「その、まさか、かもしれない」

つぶやくと、朝比奈は由紀絵の身体をそっと脇におしやり、たった一本の蠟燭が灯っている燭台を片手に持って立ち上がった。

「朝比奈さん」

由紀絵が、すがるような目で見上げてたずねた。

「どこへ」

「いまの女の言ったことを調べてみようと思うんだ。上下二段の窓のうち、下だけで八カ所。その八カ所の窓の両側に束ねられたカーテンの裏に、何が隠されているかをね」

# 九　疑心暗鬼

深いワインレッドの色合いを持つ、厚手のヴェルヴェットのカーテンは、窓の高さよりも少し上から、床すれすれにいたるまでの、およそ二メートル四十センチの丈を持っていた。

窓の両脇に引き開けられたそのカーテンは、同じワインレッドの布地のベルトによって束ねられている。

そのベルトをひとつずつほどいて、カーテンの裏側に何か隠されていないかを、朝比奈は、正面入口の両サイドに設けられた窓から順に確かめていった。

朝比奈が動いてしまうと、そこ以外は真っ暗になるので、宏美と由紀絵もいっしょに後をついていくよりない。

そして、八カ所のうち七カ所をあらため終わったのち、最後に、奥行きの長いほうの壁の、十字架に向かって右手前の窓のカーテンが残った。

その窓の右側に束ねられたカーテンは、一目でおかしいと朝比奈は思った。

他の場所は、カーテンをまとめたベルトにもっと弛《たる》みがあるのに、そこだけは壁のフックに引っ掛かっていたベルトが、いまにもちぎれそうにピンと張っており、しかもカーテンの束にかなりのふくらみがあった。

見る前から、朝比奈にはある種の予測ができていた。

だが、それこそ『まさか』という気持ちが強かった。

もしも朝比奈の予想どおりの展開になったら、それはあまりにも推理小説的というものである。

高級住宅街の袋小路にひっそりと建つ洋館。

閉じ込められた美女と推理作家。

蠟燭の光の海。

突如、大音量で奏でられるワーグナーの歌劇。

金切り声で朗読される北原白秋の詩『邪宗門秘曲』。

唐突に襲ってきた闇。

ふたたび朗読される北原白秋の詩『金魚』。

ここまで道具立てが揃ってしまえば、残るは主役の登場しかないではないか。その主役とは、もちろん……。

「島さん、浜野さん」

朝比奈は後ろをふり返り、これ以上ない厳かな声で言った。

「きみたちは離れていたほうがいい」

「どうしてですか」

由紀絵がきいた。

「私、朝比奈さんのそばから離れたくありません」

「いや、見なくてすむものは、見ないほうがいい」

「見なくてすむものって？」

「鈍いのね、由紀絵は」

緊張した声で宏美が言い、由紀絵の肩を引いていっしょに数歩後ろへ下がった。

彼女たちの姿が、暗闇に溶け込んだのを確認してから、朝比奈は慎重な足取りでカーテンに近寄った。

「ほどくよ」

ひとことつぶやいてから、朝比奈は壁のフックにかかっていた紐をはずした。

はずすときからかなりの抵抗感があった。が、はずしたとたんにその抵抗がスッと緩んだ。

同時に、真ん中より下のあたりでキュッとくびれていたカーテンの束がほどけはじめて、裾のほうが広がった。

と、いきなり朝比奈の立っている方向に向かって、ニューッと布地が突き出した。

ちょうど朝比奈の肩の高さあたりにスイカほどの膨らみができ、そのふくらみが前方にカーテンを押し出しながら、下へ下へと移動していく。

（ああ……）

朝比奈は、心の中で絶望的なため息をついた。

簀巻きのように巻かれていた人間の身体が、頭を前方に突き出しながらくずおれてゆく――カーテンの内部で起きているその動きが、朝比奈は見ないでもわかった。

ドサッという音がした。

足元の絨毯から埃が舞い上がった。

広がったカーテンの裾から血にまみれた二本の腕が飛び出した。手首から上は白いセーターの袖に覆われている。

そしてカーテンの反対側の裾からは、黒いスカートをはいた二本の脚がにょっきりと姿を現した。靴はTストラップの黒いパンプスだ。

マネキン人形などではない。どうみても、生身の人間の手足である。

浜野由紀絵がキャーッという悲鳴をあげた。

かなりの衝撃をもって床に倒れたはずなのに、その両腕両脚はぴくりとも動かない。まだ顔は見えていないが、その人物が死んでいるのはほとんど確実と思われた。

床に投げ出された両手は、血にまみれていた。

赤もしくは褐色にみえるはずの血の色は、蠟燭一本の頼りない明かりのせいで真っ黒に変色してみえた。なにか特殊な映像処理をほどこした映画を見ているようで、生々しさはあまり感じられない。

だが、朝比奈の後ろの暗がりでは、キャーッ、キャーッと、由紀絵がたてつづけに悲鳴をあげている。

死体にも驚かされたが、朝比奈は由紀絵の悲鳴のすさまじさにも仰天した。

朝比奈耕作の推理小説では、だいたいヒロインの悲鳴は一回きりと決まっているのだが、浜野由紀絵の悲鳴は二度や三度ではおさまらなかった。繰り返し、繰り返し──ひと昔前の表現でいうなら、『壊れた蓄音機のように』由紀絵は悲鳴を発しつづけた。

朝比奈は、これほどまでに悲鳴を連発する場合があるとは、考えてもみなかった。完全に作家の想像力を越えており、もはやヒステリーの発作といってもよかった。

朝比奈が床にひざまずいて死体をあらためようとする間も、由紀絵は、キャーッ、キャーッと繰り返している。

「由紀絵、しっかり、由紀絵ってば」

宏美のハスキーな声が彼女を励ましている。

「大丈夫か」

朝比奈がきくと、

「大丈夫じゃないみたい」

と、宏美の返事が返ってきた。

「すごいのよ、白目をむいちゃって」

「白目を？」

「そう、それで暴れちゃって……ちょっと……由紀絵、だめだってば、落ち着きなさいよ、由紀絵」

興奮する由紀絵を、宏美が懸命に押さえているのが暗がりを透かして見えた。

「とにかく朝比奈君はそっちのことを調べて。私はこの子をしっかり抱きかかえているわ。そうしていないと、由紀絵、取り乱して何をするかわからない」

「じゃあ、その場に座らせて、しっかり抱きとめていてくれ」

「うん、そうする」

「万が一、痙攣みたいなのを起こして舌を咬むといけないから……」

「わかってる。ハンカチがあるから」

宏美からはテキパキとした返事が返ってきた。

とりあえずは宏美がしっかりしてくれているからいいが、これで二人同時に取り乱されたら朝比奈も困るところだった。

「浜野さんのことはまかせていいね」

「いいわよ」

宏美たちのほうにいったん蠟燭の明かりを掲げて様子を確認すると、朝比奈はまた死体のほうへ向き直った。

大きな深呼吸をひとつしてから、朝比奈はカーテンの裾に手をかけた。

彼は、最後の望みを託していた。『ドッキリカメラ』ではないが、死体がやおら起き上がって、「なーんちゃって、びっくりしたでしょ」と笑い出す結末だ。

だが、そのようなハッピーな逆転劇は期待できそうになかった。

朝比奈はカーテンの裾をめくった。

女だった。

白いセーターに黒いスカートというモノトーンの組み合わせで服をまとめたソバージュヘアの女が、目をつぶったままあおむけに倒れていた。

凶器はすぐには見つからなかったが、上半身をメッタ刺しにされているのが、セーターの状況からわかった。

あちこちに刃物で切り裂かれた跡があり、蠟燭の光に黒っぽく照らし出される汚れが、白いセーターの半分以上を覆っていた。出血が広がってできた染みである。

朝比奈はそっと女の手首に触れてみた。

まだ温もりが残っていたが、脈は感じられなかった。

鼻のそばに耳を近づけ、呼吸音がしないかどうか確かめてもみたが、やはり生きている兆候は見られない。

朝比奈は、死体の上に燭台をかざして、じっくりと女の死に顔を観察した。

顔は血で汚れていなかったし、苦悶の表情もあまりみられない。だからといって、苦しまずに死んだとは言い切れない。

(それにしても、どこかで見たことがある顔だな)

と、朝比奈は思った。

年齢は二十代前半にもみえるし、朝比奈たちと同じ三十前後にもみえた。

(同級生?)

すぐに朝比奈はそう考えた。

十五年ぶりのクラス会にからんで、こんな状況に陥ってしまったので、どうしても中学時代のクラスメイトのことが脳裏に走る。

髪の毛をソバージュにしており化粧もそれなりに派手めにしていたから、そこから十五年前の少女の素顔を読み取るのは難しい。おまけに瞼は閉じられたままである。

しかし、濃くルージュを塗った口元や、鼻筋、眉の形、それにアゴの線を見つめているうちに、朝比奈の頭には一人の女子生徒の面影が浮かび上がっていた。

（まさか……）

朝比奈は、この洋館に閉じ込められてから、何度目かの『まさか』という気分に襲われた。

（まさか……この女は、熊谷須磨子では）

そんなことがあるだろうか、と思った。

ゆうべ久本から「熊谷は死んだんだよ」と聞かされたとき、朝比奈は、それをきのうやきょうの出来事とは思わなかった。

極端な話、中学三年の秋に父親の転勤に伴ってバハマに行ってすぐ、事故か病気で死んでしまったということもありうると考えていたくらいである。

（それなのに、きょうのきょう死ぬなんて……）

と思いかけてから、朝比奈は矛盾に気がついた。

久本は、島宏美からの情報として、熊谷須磨子が死んだことを教えてくれた。ただし、須磨子がいつ死んだのかは久本も知らないので、クラス会で宏美にきくと言っていた。

だが、それはあくまで『死んだ』という過去形の話である。

ところが、いま朝比奈の目の前に転がっている女性の死体は、まだ身体に温もりが感じられる新しさである。

となると、この女が熊谷須磨子だった場合、久本は……いや、島宏美は、熊谷須磨子の死をまえもって予言していたことになる。

（だけど、宏美は久本とそんな話をしたことを否定している）

朝比奈は、死体のそばに屈み込んだまま、気づかれぬようにそっと宏美のほうを見やった。

由紀絵の悲鳴はどうにか鎮まったようで、なにかしきりに彼女に話しかける宏美のボソボソした声が暗闇のほうから聞こえてきた。

宏美の表情は、暗がりに隠れて朝比奈の場所からは読み取れない。

（ともかく、この女が熊谷須磨子であろうとなかろうと、彼女が殺されたのは、ほんの数時間前だというのが問題だな）

朝比奈は、推理作家として頭に叩き込んである早期死体現象に関する基礎知識を思い起こした。

死体の温度は、通常の条件では死後十時間くらいまでは、毎時間〇・五度から一度ずつ降下する。ただしそれは直腸温の場合であって、皮膚の表面での計測はもう少しデータが変わってくる。広々とした洋館の室内にはこれといった暖房は入っていないようだが、寒さを感じるほどではない。そして、死体は厚手のカーテンにくるまっていた。

そうした条件がどのように死体の表面温度の変化に影響したか、朝比奈は専門家ではないからわからないが、いずれにせよ、腕にふれた感じでは、女が息絶えたのはほんの数時間前と思われた。

若干ためらいはあったが、朝比奈は、女の片方の腕をそっと曲げてみた。

いくぶん抵抗感はあるものの、朝比奈に押された方向にちゃんと曲がった。つまり、腕にはまだ死後硬直が訪れていないということである。

腕の関節の硬直は、だいたい死後五〜六時間で現れる。脚はそれよりも一、二時間遅れるのがふつうだ。死後硬直は、通常は身体の上のほうから順々に起きていく。だから、関節部分の死後硬直が真っ先に現れるのはアゴである。だいたい死後一〜二時間で口は動かなくなってしまう。

朝比奈は燭台を床に置き、実際に死体のアゴを開けてみようとした。

いくら推理作家でも、自分がここまでできるとは思わなかったが、ある種の極限状況に置かれると、人間はたくましく……いや、神経が鈍感になるのかもしれない。頭は鋭敏に研ぎ澄まされているつもりなのに、恐怖感は完全に鈍っていた。

それは、蠟燭一本だけの明かりの効果によるところも大きいのかもしれない。

（アゴは動かない……）

死体の口が開かないことを確認してから、朝比奈は考えた。

（ということは、平均的なデータをもとに考えると、死後二時間から五時間の間といったところか）

そこで腕時計をたしかめた。

七時四十五分――

（すると死亡推定時刻は、ざっと午後二時四十五分から五時四十五分の間ということになる）

（浜野由紀絵がこの洋館を訪れたのが午後五時。島宏美が午後三時……）

（そうなると、少なくとも島宏美がこの洋館にいる間に、この女性が殺された確率が高くなってくる。でも、そのときは蠟燭の明かりが全面的に灯っていたわけだから、宏美に知られずにこんな行為ができるわけがない）

（でも……それでも犯人がその時間帯に殺人を実行できたとすると、合理的な解釈はただひとつしかない。つまり、島宏美が……）

その場から立ち上がると、朝比奈は燭台を持って宏美たちのほうへ近づいた。

一メートル以内に接近して、やっと二人の女性の表情がわかるくらいになった。

「どうかな、浜野さんの具合は」

「だいぶ落ち着いたみたいよ」

そう答える宏美の膝枕を借りる形で、由紀絵は横になっていた。きれいなライトブルーのワンピースがすっかり埃まみれである。

「ごめんなさい」

いままでよりさらにか細い声で、由紀絵は朝比奈に謝った。

「私……なにがなんだか……わからなくなってしまって」

「べつに謝ることはないよ」

「でも、恥ずかしいわ、あんなに取り乱してしまって……。朝比奈さん、私のこと、へんなふうに思ったでしょう」

「べつに」

朝比奈は、安心させるように笑ってみせた。

「誰だって、カーテンの中から死体が出てきたらびっくりするさ」

と言いながら、朝比奈は、そういえば宏美はやけに落ち着いていたな、と思った。それが彼女の性格だといえばそれまでだが、由紀絵のヒステリー症状もオーバーすぎるが、宏美の落ち着きぶりもちょっと自然ではないような気がした。

「……で、誰だったの」

由紀絵の頭を膝にのせたまま、宏美がたずねた。

「ぼくの見まちがいかもしれないが、熊谷さんのような気がする」

二人の女性が、同時に「えっ」と言った。

「熊谷さん？」

「ああ、だけどあの頃とは髪形も違うし、化粧もしているから本人かどうかの確証は持てない」

二人には死体の顔を見てくれとは頼みづらかったので、朝比奈はそう言うにとどめた。が、島宏美のほうから、自分も確かめてみると言い出した。

そして彼女は、由紀絵を朝比奈にまかせ、燭台を持って窓際へ歩いていった。

宏美は、朝比奈たちに背中を向けて死体のそばに屈み込んだ。

しかも、燭台を朝比奈たちから死角になる位置においたので、わずかな明かりをもふさがれて、朝比奈のほうから宏美の行動がよく見えなくなった。

朝比奈は、疑惑の目で宏美のシルエットを見つめた。

やがて宏美はゆっくり立ち上がると、二人のところへ戻ってきた。そして、あくまで冷静な口調をくずさずに言った。

「百パーセント間違いないとは言い切れないけど……私も朝比奈君の意見に賛成だわ。あれは熊谷須磨子さんだと思う」

「じゃあ、誰が殺したの」

由紀絵が、いまにも泣き出しそうな顔でたずねた。

「ねえ、朝比奈さん。誰が熊谷さんを殺したの」

「誰が、という質問をぼくにされても答えは出ないよ」

宏美から受け取った燭台を目の前の床に置くと、朝比奈は言った。

「ただ、はっきりいえることは、熊谷須磨子とおもわれる女性は確実に息絶えていること。ナイフは見つからないけれど、体を何ヵ所も刃物で刺されているらしいこと。

そして……」

「そして？」

「……いや、なんでもない」

死亡推定時刻にふれようとしたが、朝比奈はやめておいた。

その代わり、彼は宏美に向かってこうたずねた。

「島さん、きみが最初にこの洋館へ来てから浜野さんが来るまでの間に、なにか妙な物音とか悲鳴みたいなものを聞かなかったかな」

「ぜんぜん」

と答えてから、宏美はハッと顔色を変え、厳しい声で朝比奈を問いただした。

「朝比奈君、私を疑っているんでしょう」

「そんなことはない」

「嘘よ」

ピシッと宏美は言い返した。

「嘘。ぜったい嘘。朝比奈君は私を犯人だと思ってるのよ」

朝比奈は、しまったと思った。

島宏美は、中学時代から頭の回転の早さでは並みの子ではなかった。まさに一を聞いて十を知るタイプなのだ。

当然、いまの朝比奈の質問の裏にある意図を読み取ったにちがいない。

「島さん、それは誤解だ。聞いてくれ」

ここは強引に押し切るしかないと思い、朝比奈は間髪をいれずにまくし立てた。

「さっきぼくは自分から提案しただろう。この家の外に出られるまでは、おたがいに疑いあうのはやめようって」

「そう提案したあなたから約束を破っているんじゃないの」

「破っていない。ぼくはきみを疑ったりはしていない。ただ、あの女性が――いちおう、熊谷さんと呼ぶけど――熊谷さんがいつ殺されたのかを、きちんと把握しておきたいと思っただけだ。きみが悲鳴とか物音を聞いていないんだったら、少なくとも、熊谷さんが殺されたのは三時以前だという計算になる」

「急に取り繕わないでよ」

宏美は皮肉っぽい笑いを浮かべて言った。

「朝比奈さん、死んだ彼女の腕を曲げたり口を開こうとしていたでしょ。蠟燭の明かりでちゃんと見えたわよ。あれは何のため？」

見ていたのだ。宏美は由紀絵の介抱にかかりきりだったと思っていたが、しっかり朝比奈の行動を見ていたのだ。

「答えられないなら私が言うわ。死後硬直の度合いを調べていたんでしょう」

「死後硬直？」

朝比奈がとっさに聞きとがめた。

「なぜ、きみの口からすんなりと『死後硬直』などという用語が出てくるんだ」

「教えてあげましょうか。私は医者なの」

「医者？」

朝比奈は驚いて聞き返した。

「そうよ、これでも外科医の先生なの」

宏美や由紀絵がいま何をやっているのか、結婚の有無も含めてまだたずねてはいなかったが、よもや島宏美が医者だとは思ってもみなかった。

「朝比奈君は忘れたかしら、うちのパパが開業医だったことを」

「ああ……そういえば」

いまになって思い出した。宏美の父親は都心で『島外科医院』という看板を出して開業していたのだ。規模もそれなりに大きな病院だったはずである。

「じゃあ、きみがその跡を継いだのか」

「父はもう亡くなってしまったけど、兄が院長として跡を継いだわ。そこで私も専任の外科医として勤めているの」

「そうか……」

朝比奈は、ひょっとしたら自分が早とちりをしていたかもしれないと反省した。外科医ならば、血を見たり死体を見たりしても、たんにそのことだけではショックを受けないだろう。だから、あわてず落ち着き払って、混乱する由紀絵の介抱にすぐさま取りかかったのもうなずける。

「だったら、ぼくに教えてくれないか」

朝比奈は、素直に宏美に頼んだ。

「推理作家の素人考えよりも、医師であるきみの判断を仰ぎたい。彼女の死亡推定時刻は、いったいどのへんなんだ」

「私も法医学の専門ではないけれど、自分なりの知識から判断すれば、大ざっぱな言い方になるけど、だいたい午後三時から五時までの間ね」

宏美は、朝比奈の推測よりもさらに幅を縮めて言った。

「だから、この三人の中で容疑者はやっぱり私だけ、ってことよ」

「島さん、その誤解はナシにしてくれ、お願いだから」

朝比奈は重ねて謝った。

「それよりも、あの死体が見つかったことで、事態は完全に変わってしまったと認めなければならない」

朝比奈は深刻な顔で言った。

「さっきまでは、ぼくらはここから逃げ出すことだけを考えていればよかった。でも、これからは自分たちの身を守ることも考えなければならない。まさかと思っていた殺人がほんとうに起こってしまったんだから」

「しかも、犯人は島宏美かもしれない」

「島さん……頼むよ」

再三、同じ皮肉を言う宏美に、朝比奈は手を合わせた。

「とにかく、こういう展開になったからには、天井のどこかから響いてくる犯人の声に、しっかりと耳を傾ける必要がある。窓ガラスを割ると死ぬ、という警告も、あながちハッタリとばかりは思えなくなってきた」

「つまり、外に向かって助けを求める手段はなくなった、ということ？」

「うん。イチかバチかの賭けをするには危険すぎると思う」

朝比奈は宏美に言った。

「犯人は――こんどこそはっきりと『犯人』といわせてもらうけど――犯人は只者ではなさそうだ。じゅうぶんに警戒しないといけない」

「そうすると、けっきょくトイレは中でせざるをえないわけね」

「まあね」

宏美がさりげなく言ったので、朝比奈もあえてサラッと答えた。

「他のカーテンには妙な仕掛けがないようだから、あれを目隠しにして用を足すといい。丈も床までぴったりあるしね。死体のある窓をのぞいて七ヵ所、左右両側にあるから十四ヵ所の臨時トイレが作れる。それを三人で割り振って、それぞれの専用の場所を作るしかないね」

「いいんじゃない、それで」

宏美は肩をすくめた。

「でも、とりあえず私はいいわ。死体を見たらトイレどころじゃなくなったから」

そのとき、ようやく半身を起こしたという格好で、由紀絵が口をはさんだ。

「朝比奈さんも、島さんも、よくそんなふうにいつものように話ができますね。そこで人が殺された、っていうのに」

「私はね、由紀絵、病気か事故で亡くなった死体があそこに置いてある、と思うようにしているのよ」

宏美が言った。

「つまり、病院で見る死体と同じなんだって、自分に言い聞かせているの」

「そんなふうに考えることは、私にはとてもできないわ」

「そりゃそうでしょうけどね。でも、物は考えよう、っていうでしょ。由紀絵も少しは自分の気持ちをコントロールすることを覚えないとダメよ。精神がもたないわ」

「だって……」

「浜野さん。ぼくも島さんの意見に賛成だな」

朝比奈も言った。

「たとえばぼくの場合は、現実は現実として認めながら、心の中でこう考えているんだ。いま朝比奈耕作はミステリーの世界の中に入り込んで、殺人事件の疑似体験をしているんだ、ってね。つまり、コンピュータゲームの画面の中に入り込んで、ゲームキャラクターの一人になりきった気分でいる。どこかでそんなふうに、自分の置かれた状況を外からクールに眺める視点を持っていないと、ぼくだって恐怖で頭がおかしくなってしまうかもしれない」

「私には無理よ。どうやったって無理」

由紀絵の言い回しが、またヒステリックになってきた。

「私は外科医でもなければ推理作家でもないのよ。お医者さまのように死体を見慣れているわけでもないし、作家のように想像力を働かせることもできないのよ。だからきっと私だけ怖さに耐えられなくなって頭がおかしくなっちゃうのよ。ううん、もうおかしくなりはじめているんだから」

由紀絵は、ヒッヒッヒッと引きずるような声を上げて泣きはじめた。朝比奈がこの洋館に足を踏み入れたときに聞いた、あの泣き声である。

「みんな……さっきの詩を聞いたでしょう……『金魚』の詩を」

泣きながら、由紀絵が言った。

「金魚を一匹突き殺す、っていったら、ほんとうに人が一人殺されたじゃない」

「しかも、刃物で突き殺されてね」

と、朝比奈。

「二匹目の金魚も、三匹目の金魚も殺されてしまうんでしょう、朝比奈さん」

「あ……ああ……いや、そんなことはない」

よけいなことを口走ってしまった、と朝比奈は後悔した。

しかし、正直なところをいえば、朝比奈は内心次の殺人が起きるのを恐れていた。

二匹目の『金魚』が締め殺されるのを……。

# 十　恋

「いやよ、いや……そんなのいや」

由紀絵の興奮が、またぶり返してきた。

「きっと、こんどは私たちの中の誰かが犠牲になるのよ。もう私たちは生きて外に出られないのよ」

「そんなふうに考えないほうがいい、浜野さん。ぼくたちは絶対に無事に外へ出られる。必ず助かる」

「どうしてそんなふうに保証できるんですか」

「そう思い込むんだよ」

朝比奈がかつてない強い調子で言った。

「ここで取り乱したり、絶望的になったりしたら、助かるものも助からなくなってしまうんだ。自分に自信を持て」

だが、由紀絵は弱々しく首を振った。

「ダメ……自信なんて持てない。きっと……きっと二四目の金魚は私よ」

「バカなことを言うな」

朝比奈は床に座ったまま由紀絵の両肩をつかみ、元気づけるように揺さぶった。

「きみはひとりぼっちじゃないんだ。ぼくや島さんがついている。ぼくもこうやってしっかりしているし、島さんだって落ち着いているじゃないか。三人で力を合わせれば、絶対にここから出られる」

「いいえ……もう出られないんです」

宙を見つめながら、由紀絵はつぶやいた。

「だって、私は金魚になっちゃったんだもん」

その言葉に、朝比奈はゾッとした。

三人の真ん中に置いた蠟燭の炎のかげんで、由紀絵の顔が、童話に出てくる魔法使いの老婆のようにみえた。色白で清楚で純情な由紀絵が、狂った魔女に見えた。

「わ・た・し・は・き・ん・ぎょ……お池の……中から……で・ら・れ・な・い」

「しっかりしろ！」

朝比奈は怒鳴ると、手加減をしながら、しかしかなり強く由紀絵の頰をはたいた。

「朝比奈君、だめ」

宏美が注意した。

「そんな映画に出てくるみたいなことをやっても、効果はないわ」

「だけど……」

言い返そうとする朝比奈に、宏美がいきなり耳打ちした。

「ちょっとだけこっちにきて」

宏美は、朝比奈を由紀絵から五、六メートル離れたところへ連れていった。由紀絵は、二人がその場を離れたのに、これといった反応を示さない。その場に残された蠟燭の明かりをじっと見つめているだけだ。

「彼女の場合、とことん感情を爆発させたほうがいいのよ」

宏美は小声でささやいた。

「へたに冷静でいろと命令するよりも、とことん感情を発散させたほうがいいの。そのほうが由紀絵には合っているんだから。もうしばらく経てば、また元の自分を取り戻すからだいじょうぶ」

(だいじょうぶ?)

朝比奈は宏美をじっと見返した。

(何の根拠があってそう断言できるんだ)

暗がりを通して、目でそういうふうに尋ねたつもりだった。すると、宏美は雰囲気で朝比奈のいいたいことを察したらしく、また彼の耳元に口を寄せた。

「朝比奈君は、彼女の過去の傷を知らないのね」

(過去の傷?)

口の形だけで繰り返してから、

(知らないよ。何なんだ)

というふうに、首を振った。

「彼女、一時期女優を目指していたのよ」

ささやかれた『女優』という言葉に、朝比奈はビクンと反応した。

「だけど、生来の喉の弱さと、性格のひ弱さで、とても芸能界には向かなかった。役をもらうためにプロデューサーたちと心にもないおつきあいをすることができるタイプじゃないし、有名になるためにはなんでもする、という割り切りもできない。だから、いろいろなことで傷つきながら、彼女はその世界から身を引いたの。でも、彼女はいまでもその夢が忘れられない。私は由紀絵とずっとつきあってきているからわかるのよ」

「きみたちは、十五年ぶりにあったわけじゃないのか」

こんどは声に出して言った。

「十五年ぶりなのは朝比奈君とだけよ」

「そうなのか」

とつぶやきながら、朝比奈はあらためて浜野由紀絵を見た。

由紀絵は、蠟燭の光を下から浴びながら視線を宙に漂わせている。

「彼女はふだんの暮らしの中でも、ときおりさっきみたいに別人みたいな行動に出ることがあるの」

「ふだんでも？」

「ええ、そうよ。おしとやかで内気な浜野由紀絵から一転して、一時的な演技過剰反応に浸ることがね」

宏美も、由紀絵のほうに目をむけながら小声でつづけた。

「それは、たぶん心の中のどこかに、別の自分を演じたいという欲求が強く残っているから……だから、その欲望をああいった行動で補っているんだと思うの。私、由紀絵の発作はこれまでに何度も見ているしね」

「うーん」

朝比奈は吐息を洩らした。

「まいったな」

「由紀絵はかわいそうな子よ」

宏美は言った。

「結婚したくてもできないわけだしね」

「どうして？」

「私も独身だけれど、私の場合は男といっしょに暮らすよりも仕事に生きたほうが性分に合っているから結婚をしないだけ……」

宏美はちょっと苦笑してから、すぐにその笑いを引っ込めてつづけた。

「でも、由紀絵がまだ独身でいるのはぜんぜん別の理由。あれだけ美人だし、とっても性格が優しくていい子なんだけど、心がもろすぎて、よその人といっしょに暮らすことができないのよ。ご両親もそれをわかっているから、彼女を結婚させないの」

「なるほど……」

「でも、由紀絵はいつも心の中で王子様を追いかけている」

「王子様？」

「白い馬に乗った王子様が、いつか自分を夢の国へ運んでくれると思っているの。だから、あれだけ傷つきやすい子なのに、由紀絵はすぐ男の人が好きになる。……朝比奈君、気がついているでしょう」

「何を」

「いまの時点で、あの子の王子様はあなたなのよ」

「ぼくが？」

朝比奈はびっくりして聞き返した。

「推理作家のくせにそこまで鈍いの？　由紀絵があなたにすがりつく態度を見ていれ

ばわかるじゃない」

「あれは、ただ彼女がおびえているからだと……」

「ちがうわよ」

かぶせるように宏美は言った。

「あの子は、いま恋に落ちているの。朝比奈耕作という男にね」

宏美は、また朝比奈のフルネームを言った。

「だから、恐怖におびえながらも、心のどこかではこの状況を楽しんでいる。朝比奈君がそばにいるからこそ、由紀絵はさっきみたいなヒステリーを起こしたともいえるのよ。あなたに甘えたいためにね。もしも、私と彼女だけだったら、たんにメソメソ泣いているだけだわ」

「…………」

「わかった？　朝比奈君。だから、由紀絵の状態を元に戻すには、必要以上にかまってはいけないの。彼女の甘えの対象であるあなたが冷静にしていれば、すぐに由紀絵は元に戻ります。これは私がこれまでに何度も由紀絵の発作を経験したうえでの処方箋よ」

「わかった」

朝比奈はポツンとつぶやいた。

「わかったよ。島さんのいうとおりにするよ。……ところで、一つだけ質問をしていいかな」

「どうぞ」

「きみは、よくぼくの下の名前まで覚えていたね。耕作というのを」

「もちろんよ」

「もちろん？」

「だって、あなたは私のあこがれの人だったから」

「は？」

早口で小声でささやかれた言葉が、朝比奈は信じられなかった。

「ぼくが……あこがれの？」

「朝比奈君て、中学のころから鈍感だったもんね、女の心を読むことにかけては」

「たしかに……それはいえてるけど……」

「それじゃあ、ミステリーは書けても恋愛小説は書けないわね」

宏美は、これまでにない目つきで朝比奈を見つめた。

「むかしからズケズケ物を言うタイプの女でも、言葉に出せない恋もあった、ということよ」

そういうと、いきなり島宏美は暗がりの中で朝比奈の肩に手をかけ、爪先だって背伸びをすると、彼の唇に自分の唇をあてた。

ほんの一秒か二秒間のキスだった。

朝比奈は、面食らって声も出なければ身動きもできなかった。

「よかった……これで気が済んだわ」

宏美はにっこり笑った。

「ほんとはね、さっきから由紀絵に嫉妬してたんだ、私。……ヘンな女だと思うでしょ。こんなところに閉じ込められて、おまけに死体まで転がっているのに、やきもちをやくなんて。でも、中学時代の朝比奈君のイメージは強烈だったの。そして、十五年経ってもそのすてきなところが変わっていなかったからびっくりした」

「でも、最初きみはぼくのことを軽薄だと……」

「私、ひねくれ者だから」

宏美は肩をすくめた。

「好きな人に対しては、面と向かって悪口を言いたくなるの」

「はあ……」

「美女二人にもてて幸せな男ね」

そう言うと、宏美は朝比奈の手を引っぱって、蠟燭の明かりのほうに向き直った。

「じゃ、戻りましょう、由紀絵のところへ」

# 十一　理　由

それから午後十一時までのおよそ三時間と少々の間、事態は何も変わらなかった。

例の女の金切り声は、まったくなりをひそめており、かといって窓ガラスを割って助けを求めるのは死ぬと警告されている以上、あえてその行為に踏み切るわけにはいかなかった。

由紀絵は一時的な錯乱状況から落ち着きを取り戻し、いまはふつうの会話ができるまでになっていた。

彼女を甘やかさないほうがいい、という宏美のアドバイスをきいて、朝比奈は、由紀絵に声をあまりかけずに、宏美とだけ今後の方針についての相談をしていたのだが、さすがに由紀絵も気になったのか、まともな口ぶりでその話に参加するようになった。

どうやら、由紀絵の心理についての宏美の分析は正しかったようである。

ともかく、朝比奈は彼女たちと協議のすえ、ひとつの結論を出した。それは、夜明けまで不要な動きを一切やめて、粘りに出ようという戦略である。

いくら日が差し込みにくい造りとはいえ、朝がくれば、現在の蠟燭一本の明かりよりも、はるかに視野が開けるはずである。そうなれば窓ガラスにどんな仕掛けが講じられているのか、ひょっとしたら見抜くことができるかもしれない。

また、彼らが閉じ込められてから長時間が経過することによって、浜野由紀絵や島宏美の家族から捜索願が出される期待もあった。

独り暮らしの朝比奈と違って、由紀絵には同居する両親がいたし、宏美には同じ敷地内の別棟に住む兄夫婦がいた。

宏美は行き先を告げずに出かけたが、明日日曜日は、午後一時から開かれるクラス会に参加する前に、兄夫婦と近所のゴルフ練習場へ出かける約束になっていた。一晩帰らずにこの約束もすっぽかせば、不審に思われるのは間違いない。が、本格的に宏美の家族が心配するのは、月曜日の診療時間になっても宏美が出てこなかったときだろう。

それよりも早く行動に出てくれそうなのが、由紀絵の両親だった。

由紀絵に確かめたところ、彼女はきょうの外出について、『松濤に住む友人のところへ行く。夕食は食べてくるけれど、遅くとも十時までには帰る』と告げていたという。

由紀絵の情緒不安定な面を心配して結婚もさせずにきたという両親のことだから、午後十一時現在、娘から何の連絡もなしに帰宅が遅れていれば、すでにかなりの不安を抱いていることが予想された。

ただし、例の招待状は由紀絵がこの場へ持ってきていたので、松濤といっても具体的にどこなのかを両親がつかむのは難しいかもしれない。せめて、洋館だということがわかっていれば見当もつくだろうが、地名だけではたしてどこまで探せるものなのか、疑問は残る。

それでも、浜野家の人々が警察に捜索願を出すのは、遅くともあと数時間のうちだと考えられた。その成果に、かすかな望みをかける意味でも、朝までへたな動きは慎もうという朝比奈の提案は、説得力があった。

もちろん、こうしたやりとりは、できるかぎり小声で行われた。彼らの会話が『犯人』に盗聴されているのは、まず間違いないと思われたからである。

だから、三人は肝心な話はすべてひそひそ話で行うようにしていた。

ところで、朝までじっとしているという戦略には、四つの問題があった。

そのうち三つまでは生理的な問題である。

まず眠気――

いまのところ三人ともかなりの興奮状態にあって、睡魔に襲われるきざしはまったくなかった。とりわけ、ふだん夜型の仕事をしている朝比奈にとっては、夜の十一時はこれから仕事にとりかかる時間帯である。

だから、眠気についての心配はなかったが、女性二人に関しては、もしも眠気を感じたら随時仮眠をとるよう、朝比奈はアドバイスした。

もっとも、死体が転がっている暗闇の洋館では、とうてい仮眠をとる気分になれるものではなかったが……。

第二は、例のトイレの問題である。

これはすでに朝比奈が提案した、カーテンの陰を臨時のトイレとするという案で結着がついていた。そして、生理現象には勝てないということで、ついさきほど、島宏美が燭台を持って隅のほうのカーテンの陰へゆき、そこで用を足す第一号となった。

つづいて、朝比奈も別の場所で小用を足した。

「由紀絵も恥ずかしいなんて言ってる場合じゃないわよ」

ひとりだけトイレに行かずにいる由紀絵に対して、宏美はざっくばらんな調子で語りかけた。

「行きたいときには、遠慮しないでいきなさいよ」

その言葉に、由紀絵は「ええ」とためらいがちな返事をしただけだったので、宏美はさらにつけくわえた。

「いまさら朝比奈君の前で恥ずかしがったってしょうがないのよ」

「そういうこと。ぼくだって、美女の前で堂々とやったんだから。まあ、ここは島外科医院だと思うことだね。お医者さんの前だったら恥もなにもないだろう」

　と、朝比奈も由紀絵を気楽にさせようとして言った。

「それにね、由紀絵、終わったあとはこれでシュッシュッとやれば、いちおう匂い消しにもなるし」

　宏美は、ハンドバッグに入れてあったシャネルの香水スプレーを取り出してみせた。

「それにしても朝比奈君」

　宏美は朝比奈をふり返って言った。

「『孤島の別荘モノ』だか『雪の山荘モノ』だか知らないけど、あなたの書くミステリーに、こんな生々しい場面なんて出てこないでしょ。美女がおしっこをする場面なんて」

「まったくね。考えもしませんよ、そんな状況は」

　朝比奈は苦笑した。

　そして第三の問題は、水である。

　三人とも緊張のせいか、空腹感はあまり覚えなかった。それに、食事をしなくとも、明日の日中くらいまではなんとかなるだろう。だが、問題は喉の渇きである。

　興奮と緊張は、空腹感を忘れさせるかわりに、喉の渇きをいやがうえにも増すものだった。

おまけに、この洋館の内部にはたっぷりと埃を吸い込んだ絨毯が敷き詰められているので、それでなくても喉がいがらっぽくなる。

はたして水を一滴も補給せずに、いつまで体力が持つのか、それが最大のポイントだった。

三人とも「喉が渇いた」ということは口には出さなかった。

それを口に出すと、よけいに喉の渇きを強く感じられてつらくなると思ったから、申し合わせたわけではないのに、誰も水のことにはふれなかった。

喉の渇きを忘れていることが、喉を潤す唯一の方策だったのだ。

(まったく、渋谷の繁華街から数百メートルのところで餓死するかもしれないなんて、冗談じゃないぞ)

朝比奈は、内心でかなりの危機感を募らせていた。

そしてもう一点、第四の問題点は、いま現在、彼らが頼りにしているただ一本の蠟燭の消耗速度である。

さきほどから朝比奈は、腕時計とにらめっこしながら、蠟燭が燃えてゆく速度を測っていた。

それによると、当初大ざっぱに予測していたよりもだいぶ早く蠟燭が燃え尽きてしまうことがわかった。

朝比奈の計算によれば、たったひとつの炎が消えてしまう時刻は、午前一時。すなわち、あと二時間後であった——


さらに三十分がすぎ、十一時半になった。

朝比奈が閉じ込められてからでも、すでに四時間半が経過していた。

三人は洋館のほぼ中央に場所を移動し、蠟燭の明かりを中心に車座を作っていたが、三人ともすっかり無口になっていた。

よけいなおしゃべりをやめたのは、喉の渇きを防止するために必要なことだった。それに、夜明けまでじっとしていようという方針を固めたものの、不安と恐怖は募る一方だった。それも、三人の口を重くさせている一因だった。

「うそみたい……」

膝を抱え込む格好をした宏美が、小声でつぶやいた。

「私たち、山奥にいるんじゃないのよ。都会のど真ん中にいるのよ。ここから目と鼻の先には、ディスコだってオールナイトの映画館だってあるのよ。それなのに、なんだって私たち三人だけがこんな目にあわなければいけないの」

「ぼくも同じことを考えていた」

朝比奈が、やはり小さな声で言い返した。

「おまけに、この気味が悪いほどの静けさだ」

朝比奈がミステリーで隔絶された世界を描くとき、緊迫した雰囲気を盛り上げるために、別荘の外は嵐か吹雪といった悪天候になるのがパターンだった。

ところが、いま、暗黒の館は恐ろしいくらいの静寂に包まれていた。

大都会のエアポケットとでもいおうか、まるで周囲にまったく人が住んでいないかのように生活音は一切なく、また、自然が奏でる音もない。

洋館の周囲にはあれだけ鬱蒼とした樹林が生い茂っているのだから、ちょっとでも強めの風が吹けば、木々は波のような音を立てそうなものだが、いまはそよとも風が吹いていないのか、窓越しに覆いかぶさる黒いシルエットは微動だにしない。

月明かりが冴えざえとした夜――

青白い光にぽっかり浮かび上がった洋館の中で、美女が二人に推理作家が一人、そして死体が一つ――こんな光景を誰が想像するだろうか。

そして、その月明かりさえ、館の中にはほとんど差し込んでこないのである。

ジジジッ、と蠟燭が音を立てたので、三人はびっくりして一斉にそれを見つめた。

なにかの拍子でちょっと炎が揺らいだが、しかし、また元のような安定した炎の形になった。

三人ともホッとした表情になった。

が、すぐにその表情が曇る。

「ずいぶん短くなりました」

由紀絵がつぶやいた。

「蠟燭がずいぶん短くなりました」

「ああ……」

朝比奈が、短く相槌を打った。

「あと一時間半といったところかな」

朝比奈たちは気づいていなかったが、たった一本だけ残された蠟燭の芯は異常に太かった。ロウでできた本体の真ん中に入っている芯がかなり太いのだ。

そのため火力が強くなり、蠟燭の消耗速度も同じサイズの通常のものに比べ、倍以上早かった。

「一時間半でこれが消えたら……真っ暗になるんですね」

由紀絵がきいた。

「たぶんね。まあ、外の月明かりが、たぶんいまもほんのわずかだけ窓から入ってきているんだろうけど、それはせいぜい窓ガラスをボーッと白く浮かび上がらせる程度だろう」

「じゃあ……何も見えなくなってしまうんですね」

「いまの季節だと、朝の六時近くにならないと外は明るくならない。だから、五時間は真っ暗闇がつづくと思っておいたほうがいい。そのときに、どれだけぼくらが落ち着いていられるかが勝負だ」

犯人に聞かれるのを承知で、朝比奈はふつうの大きさの声で言った。

「犯人はその時間帯になんらかの行動を起こしてくる可能性が大だ。ぼくはそんなふうにみている」

「朝比奈さん、もしも蠟燭の火が消えたら……」

浜野由紀絵はせつなそうな目で訴えた。

「私をしっかり抱きしめてくださいね」

朝比奈と島宏美が、一瞬、視線を交わした。

「お願いです」

朝比奈からの返事がなかったので、由紀絵はもういちど念を押した。

「もしも真っ暗になったら、私をぎゅっと強く抱きしめていてください。絶対に離れないように」

「……わかった」

迷ったすえに、朝比奈はそう返事をした。

同時に、宏美がプイと横を向いた。

さらに三十分がすぎ、午前零時になった。

蠟燭がさらに短くなった。

「日付が変わったよ」

朝比奈は言った。

「あと十三時間後には、クラス会が開かれるんだな」

「隅田川の屋形船……だったわね」

宏美が応じた。

「ああ、そうだよ。風流な企画で楽しみだったんだけどね。ひょっとしたら、参加は無理になってしまうかもしれないな」

朝比奈は、ちょっと弱気をのぞかせた。

が、すぐに言い直した。

「いや、ここから逃げ出すのをあきらめたんじゃなくて、脱出できても、殺人事件がからんでしまった以上、警察の取り調べで日曜日はまるまる潰れてしまうだろうからね」

「そうね……ここから逃げ出せたとしても、あのときは怖かったね、という笑い話ですむ状況ではなくなったものね」

「ところで、島さんも出席のつもりだったんだろう、クラス会には」

「そうよ」

「浜野さんは」

「私もです」

「じゃあ、出席の返事をしたぼくら三人がそろって顔を出さなければ、久本も不思議に思うかもしれない」

「どうかしら」

宏美が疑問を呈した。

「久本君がすべての仕掛け人だったという疑いを、やっぱり私は捨て切れないわ」

「そうだな……たしかに、十五年ぶりのクラス会を開こうとしたところから事が起こったような気がする」

喉の渇きが気になったが、朝比奈はしゃべりつづけた。

「久本が、ぼくたちを閉じ込めて熊谷さんを殺した犯人かどうかはさておいても、なぜ彼はいまになって急にクラス会を開こうと言い出したんだろう。それも、島さんが指摘したように、テレビ局勤務という忙しい身でありながら……」

「わからないわね……まあ、表向きには、卒業してから十五年という区切りのいい年が来たから、みんなで集まろうということなんでしょうけど」

「島さん、その『集まろうということになった』っていうニュアンスだけど、当然、久本は誰かと話し合ってクラス会の呼びかけを決めた——そう考えていいよね」

　宏美が、ちょっと理解しかねる顔をしたので、朝比奈は言い換えた。

「つまりさ、久本がある日突然、『そうだ、クラス会を開こう』と自分で思いつき、一人で案内状を作って屋形船の手配までしたわけじゃないと思うんだよ。これこれしかじかの企画でクラス会を開いてみようと思うけれど、どう思う、っていうふうに相談した相手が必ずいるはずだ」

「それはそうよね」

　宏美はうなずいた。

「そうだ！」

　しゃべっているうちに、朝比奈は急に何か思い当たったことがあるらしく、大きな声を出した。

「もしかしたら久本は、たんなる手伝いで、クラス会の企画を立てた者は他にいたのかもしれないぞ」

「久本君がたんなる手伝い？」

「そうだよ。クラス会の案内状に『発起人・久本一郎』と書いてあったから、この会合は久本の発案だとばかり思い込んでいたけれど、中学時代の彼の面倒見の良さを覚えていた誰かが、こまごまとした事務連絡方を久本に任せてしまったのかもしれない。

彼がテレビ局の美術部に勤めていて忙しいなんて状況は考慮にいれずね」

朝比奈はつづけた。

「頼まれればイヤとはいえない久本は、その人物の立てたクラス会プランを実行に移すべく、本業が忙しいにもかかわらず、発起人の名のもとに案内状発送などの手伝いをしたのではないかな」

「だけど、誰かが十五年ぶりのクラス会を発案したことと、私たちがこの家に閉じ込められたことに、どんな関係があるっていうの」

「どんな関係かわからないが、何かの関係がある。きみのいまの質問に対する答えになっていないかもしれないけど、あえて言おう。十五年ぶりのクラス会が開かれることと、ぼくらが閉じ込められたことには、必ず何かの関連性がある。そういった前提のもとに、犯人の目的を探ってみるんだよ」

「たとえば推理小説の世界では、どういうケースが多いの」

宏美がたずねた。

「雪の山荘とかに招待される理由は」

「それはもう決まっているさ。復讐だよ。犯人が招待客全員に怨みを抱いていて、それを晴らすために山荘に招くんだ。えてして、その怨みというのは何十年も前の過去に溯って起因するものが多い」

「だけど、私たち三人が共通して怨まれるようなことは何もないって、さっき結論を出してしまったじゃない」

「だから、もっとほかに理由がないか考えてみたいんだ。なにしろ、ミステリーの世界では、犯人が隔絶した別荘に人々を招待する理由は、復讐のための殺人を実行すること以外にないからね」

「他に例外はないの？」

「ぼくは書くほうが専門で、古今東西のミステリーを読みあさって研究しているわけじゃない。だから、絶対とは言い切れないけれど、九九・九九パーセント、復讐殺人を行うため、というのが理由だ」

「すると、今回のケースは〇・〇一パーセントのほうに含まれるかもしれない、というわけ？」

「うん」

「ねえ、たとえばだけど……」

ちょっと首を傾けて考えてから、宏美が言った。

「私たちに殺人劇を見せたくて、それで犯人がここへ招いたというのは？」

「本物の殺人ショーのお客さんとして招待された、ってことかい」

「ええ」

「たしかに、芝居がかった演出からすると、そうした狙いがないとはいえない。でもなあ、殺人劇の観客として招かれたなんて……」

「ありえないかもしれないわよ。でも、むしろ私はそういう理由であってほしいの」

宏美の言葉に、必死の思いが込められていた。

「殺された熊谷さんには悪いけど、私は観客の立場でいたいわ。自分自身が殺人劇の主役で、しかも殺されるほうの役を与えられるなんてイヤ。絶対にイヤ」

「それはぼくだってそうだ。ここで突然、じつは前々からおまえには怨みがあったんだ、だから殺してやるといわれても困るよ。だから、なんとしても〇・〇一パーセントの例外的理由を見つけ出したいんだ」

「朝比奈さん……」

いままで黙っていた浜野由紀絵が、ポツンとつぶやいた。

「こういう理由は考えられないでしょうか」

宏美と朝比奈が由紀絵に目を向け、黙って発言をうながした。

「私たちをクラス会に出席させないために、ここへ閉じ込めた、ということは」

「クラス会に出させないように閉じ込めた？」

「ええ」

由紀絵は、長い髪を揺らせてうなずいた。

「いま朝比奈さんは、この洋館で事件に巻き込まれたからクラス会には出られない、とおっしゃったでしょう」

「うん」

「でも、そうではなくて、クラス会に私たちを来させたくないから、犯人が私たちを隔離した、って考えたらどうでしょう。そう考えれば、クラス会との関連が出てきますよね」

「なるほど」

「仮に、犯人が私たちを隅田川の屋形船に乗せたくないと思ったとすると、それは、犯人が私たち三人が三人ともクラス会に出席すると知っていたことを意味します。となれば、当然、犯人はクラス会を企画した人間――つまり久本君か、久本君に幹事役を命じた誰か、になりませんか」

「……そうか」

朝比奈は、由紀絵の意見が論理的にまとまっていることを確認してうなずいた。

たしかに『逆もまた真なり』で、朝比奈たち三人をクラス会に来させないためにこんな洋館に幽閉したという発想も、じゅうぶんありうる話だ。もしも狙いがそこにあるのなら、由紀絵のいうとおり、犯人はクラス会の出欠を知り得る立場にある人物になる。

「だけど、ぼくらをクラス会に出席させたくない理由ってなんだろう。ぼくらがクラス会に行ったら困る理由とは……」

朝比奈がそうつぶやいたとき、四時間以上にわたって沈黙していた『金切り声の女』が、突如わめき出した。

「シシュウ！」

そう聞き取れる言葉が響き渡った。

一時的にこの女の存在を忘れていた朝比奈は、いきなり叫ばれて、おもわずワッと驚きの声を洩らした。

「熊谷須磨子が死んでから、もう七、八時間は経っただろうか」

女の声が言った。

「いくら涼しい季節とはいえ、まもなく死体が匂いを放つころだ。明日の昼までには、この館は死臭《ししゅう》に包まれるであろう」

「いやっ」

例のか細い声をあげて、由紀絵が朝比奈にしがみついた。

「しかし、私はもう一つのシシュウをおまえたちに贈ろう。それは十字架を祀った祭壇の上にある。行って見よ！」

金切り声でまくしたてると、女の声はまたスッと消えた。

# 十二　詩　集

女の声が示していたのは、北原白秋の詩集のことだった。

さきほどの捜索では見落としていたが、洋館の奥、人の背丈の二倍ある十字架の真下の祭壇に、一冊の分厚い本が置いてあった。

朝比奈はそれを聖書だろうと決め込んできちんと確かめなかったのだが、あらためて調べてみると、それは北原白秋の著作全集だった。

朝比奈はそれを持って元の位置に戻り、蠟燭の明かりをたよりに本の扉を開いた。

「ところどころに付箋《ふせん》がはさまっている」

朝比奈はつぶやいた。

先端が緑色をした細長い付箋が、数カ所に差しはさんであった。

朝比奈は、さっそく第一の付箋のページを開いてみた。

そこには北原白秋の『邪宗門』に関する解説が述べられてあった。その要所要所に傍線が引かれている。

「北原白秋は明治十八年、一八八五年に生まれた」

傍線で示された部分を拾い読みしながら朝比奈が言った。

「さっき女の声が叫んだ『邪宗門秘曲』というのは、明治四十二年、北原白秋が二十四歳のときに発表した処女詩集『邪宗門』の中に収録されている作品らしい」

「白秋の処女詩集が『邪宗門』という題名なんですか」

由紀絵がたずねた。

「うん。浜野さんは知らなかった？」

「ええ、知りませんでした」

文学少女だった由紀絵だが、その問いに関しては首を横に振った。

「『邪宗門』という題名は、キリスト教と関係があるのかしら」

十字架が祀られている方向の暗闇を見つめながら、島宏美が言った。

「ここに、こんなことが書いてある。白秋は十五歳のころから島崎藤村《しまざきとうそん》の『若菜集』などに影響を受けて、詩の世界へ傾倒していったらしい」

「『若菜集』は浪漫主義が最初に花開いた詩集として、文学史に位置づけられています」

由紀絵が解説をくわえるように言った。

「藤村は本名を春樹といって、学生時代にクリスチャンの洗礼を受けているくらいですから、最初は彼の作品には宗教的な色彩が強かったんです。でも、二十歳すぎにいっしょに『文学界』を創刊した親友・北村透谷《きたむらとうこく》が、創刊の翌年、二十代なかばの若さで首吊り自殺をとげたことが大きな衝撃となって、それまで宗教色や政治色の強かった藤村の作風が、しだいに芸術至上主義へと変化していくのです」

「あなた、よくそんなことを覚えているわねえ」

宏美が、半分あきれ顔で言った。

「まるで国語の試験勉強で丸暗記した内容を聞かされているみたいだわ」

「私……高校生のころ、ひとつのテーマで研究をしたことがあるんです」

蠟燭の光を見つめながら、由紀絵が言った。

「それは、身近な人間の自殺が、残された人の人生にどういった影響を与えるか、というものでした。とくに、日本の若き悩める文学者たちに的を絞って調べたところは、いまでも記憶にはっきり残っているんです」

「じゃあ、北原白秋の例は？」

朝比奈がたずねると、

「それは知りませんでした」

と、由紀絵は答えた。

「この本にはこう書いてある」

人差指でその部分をなぞりながら、朝比奈はつづけた。

「北原白秋は明治三十七年、満十九歳のときに早稲田大学の英文科予科に入学したが、その年、親友の中島鎮夫が十八歳の若さで自殺をし、それが白秋に大きな衝撃を与えたという。自殺の原因は、中島がロシア語を習っていたため、ロシアのスパイではないかという疑いをかけられたことに悩んだものだった。それは、日露戦争がはじまって三日後の出来事だったらしい。中島の自殺は首吊りではなく、首を刃物で刺す、という方法だった。だから、その死体は真っ赤な血で染まっていた……」

職業柄、血は見慣れているはずの島宏美が、そのくだりに顔をしかめた。

「それから三年後の明治四十年、白秋は一回り年上の与謝野寛《よさののひろし》、つまり与謝野鉄幹《てっかん》や木下杢太郎《もくたろう》らとともに、平戸、長崎、天草、熊本などを巡る切支丹遺跡旅行にでかけた。この旅行が、かつて異端の宗教＝邪宗として迫害を受けたキリスト教の世界に白秋の目を向けさせ、杢太郎の影響などもあって、南蛮文学と呼ばれる独特の作風を生み出した」

朝比奈はページを繰《く》ってつづけた。

「ただし、木下杢太郎にしても北原白秋にしても、あるいはのちの芥川龍之介にしても、それはキリスト教文学への踏み込みではなく、あくまで南蛮趣味にとどまるものだった。つまり、南蛮文学は一種のファッションであって、キリスト教の思想に影響されて出来上がったものではない。白秋の処女詩集『邪宗門』にしても、そうした性格のものだったという」

「そのニュアンスはとてもよくわかります」

中学時代の優等生そのままに、浜野由紀絵がきまじめな口調で言った。

「たとえは悪いかもしれませんけれど、いまの日本で、クリスマスをファッションとしてしか取り入れないのに似ています」

「クリスマスに似ている？」

「はい。異国の宗教のムードだけ吸収して、その本質を絶対取り入れないのは、たぶん日本以外ではめったにみられない現象ではないかと思います。日本人の語学ベタはよく言われますけど、言葉だけではなくて、よその国の宗教とか歴史についても、ほんとうに鈍感だと思います。無関心ではないんですけれど、掘り下げ方が浅いんです。研究する前に、まずムードが先行してしまうでしょう」

「そういえば高校時代あたりを思い出してみると、同じ歴史の授業でも、日本史と世界史では先生の熱の入れ方が違っていたような気もするな」

朝比奈は言った。

「とりわけキリスト教の成り立ちなんていうのは、いまの欧米を理解するうえで絶対不可欠なのに、授業では、なんだかワケのわからない年号だけ覚えさせられて、あっさり通り過ぎていってしまった」

由紀絵の意見に同意して、そう語ってから、朝比奈はまた本に目を落とした。

「この『邪宗門』という作品集の冒頭に、さっき女の声が読みあげた『邪宗門秘曲』が載っているようだ。その他に、こんな詩にも線が引いてある」

朝比奈は、『赤き僧正』と題する詩を読み上げた。

邪宗の僧ぞ彷徨《さまよ》へる……瞳据《す》ゑつつ、
黄昏《たそがれ》の薬草園の外光に浮きいでながら、
赤々と毒のほめきの恐怖《おそれ》して、顫《ふる》ひ戦《おのの》く
陰影のそこはかとなくおぼろめき
まへに、うしろに……さはあれど、月の光の
水《み》の面《も》なる葦《あし》のわか芽に顫《ふる》ふ時。
あるは、靄ふる遠方《をちかた》の窓の硝子《がらす》に
ほの青きソロのピアノの咽《むせ》ぶ時。
瞳据ゑつつ身動《みじろ》かず、長き僧服
爛壊《らんえ》する暗紅色《あんこうしょく》のにほひしてただ暮れなやむ。

さて在るは嚢《さき》に吸ひたる
Hachisch《ハシッシュ》の毒のめぐりを待てるにか、
あるは劇《はげ》しき歓楽の後の魔睡《ますい》や忍ぶらむ。
手に持つは黒き梟《ふくろう》
爛々と眼は光る……

……そのすそに蟋蟀《こほろぎ》の啼く……

一篇の詩を読み終えた朝比奈は、カフェオレ色に染めた髪に片手を突っ込み、いま朗読したばかりの詩を味わい直すように、もういちど黙読した。
「なるほど、たしかに南蛮趣味に関心があるとないとでは、この詩に対する評価もだいぶ変わってくるかもしれない。ぼくがここへ来る前に渋谷の書店で立ち読みした文献にも、似たような解釈が載っていた。でも、この本には処女詩集『邪宗門』について、こんな指摘も示されている。『邪宗門』はたんに異国趣味だけで彩られた詩集ではなく、そこには、『血』とか『血潮』というキーワードをもって、親友中島鎮夫の死が色濃く反映されている、とね」

付箋が貼ってあるページを追っていくと、『邪宗門』という詩集の中に、いかに『血』にまつわる表現が多いかを示した実例が列挙されていた。

さらに『邪宗門』の完成に向けて邁進していたころに記された『印象日録』という日記風の作品には、こんな内容の記述もあった。


夜、赤きインキの壜を熟視《みつ》めて、怖ろしきことを考ふ

「私にとって北原白秋といったら、『待ちぼうけ』とか『ペチカ』みたいな童謡の作詞家としてのイメージが強かったから、そういった詩を遺しているのは意外ね。血にこだわるなんて……」

吐息まじりに宏美が言った。

「その童謡についてなんだけど……」

朝比奈は言った。

「ぼくが書店で立ち読みした白秋自身の考え方にも述べてあったとおり、彼はたんに教育用の素材として童謡を考えてはいなかった。むしろ、童心を追及するための芸術の一様式だった、と解釈したほうが合っていそうなんだ。だから『金魚』みたいな詩が、彼の中では童謡として成立してしまうんだろう……あ、こんなところにも付箋が

貼ってあるな」

　朝比奈は、分厚い本の中程のページを開けた。

「翻訳童謡集『まざあ・ぐうす』か。……えっ、北原白秋は『マザー・グース』を実際に翻訳していたのか」

　そこまでは本屋の店先では読み落としていたので、朝比奈はびっくりした声をあげた。開いたページには、北原白秋が大正九年の一月から『マザー・グース』の翻訳を『赤い鳥』などに掲載しはじめた事実が解説として記されてあった。

　そして、見開きページの余白いっぱいに、万年筆による細かな、しかし流麗な筆跡の書き込みがあった。

　朝比奈の目は、その筆跡にクギづけになった。彼のもとに送られてきた熊谷須磨子名義の招待状と、まったく同一の筆跡だったからである。

　書き込みにはこうあった。


《私は『邪宗門』時代の白秋の詩が好きだ。好きだが、評価はできない。そこにはムードはあっても人生がないからだ。

　詩人として彼が傑出した作品を生み出すようになるのは、やはりあの事件を経てからであろう。

あの事件とはすなわち、彼が二十五歳のとき、隣家の人妻・松下俊子と不倫の関係に陥り、二年の交際ののち、明治四十五年七月、俊子の夫から姦通罪で告訴され、市ヶ谷の未決監に囚人ナンバー『三八七』として収監された出来事である。

俊子は、新聞社勤めの夫がハーフの愛人を作り、その愛人とひとつ屋根のもとに住むことを強いられ、くわえて当の愛人からはカタコトまじりの日本語で罵倒されるという毎日に、乳呑み子を抱えながら泣いて暮らしていた。

この俊子という人妻は、抜けるように色が白く、日本人離れした美貌を持ち合わせていたという。それで、隣家に住む白秋は彼女の境遇にいたく同情して、いつしか愛を結ぶまでに至った。このことを相手の夫から告発され、姦通罪によって逮捕されたのである。

事件直後の八月二十八日に記された白秋の手記によれば、彼は第一回の裁判を受けたのち、窃盗や殺人犯などといっしょに囚人馬車に乗せられて市ヶ谷の未決監へ入れられたという。そして第二回の裁判の際には、編笠《あみがさ》に手錠をはめられた姿で公衆の面前にさらされたのだ。

すでにそのころ北原白秋は、同世代の文学者、詩人、そして画家などを集めた「パンの会」という芸術サロンを作り、隅田川沿いのレストランなどでたびたび会合を開いていた》

朝比奈は、ハッとなった。隅田川といえば、今回クラス会が開かれるのも、その場所ではないか。

細かい字の書き込みは、白秋の翻訳による『まざあ・ぐうす』が掲載されているページの余白に、延々とつづいてゆく。


《ときには森鷗外といった大物や、永井荷風、谷崎潤一郎、あるいは『白樺』の同人らも出席したという「パンの会」の中心的人物で、都会的な自由を満喫する若々しい詩人の旗手として世に名を馳せていた北原白秋——その彼が、姦通罪により編笠手錠姿で引き回されたことが新聞に大々的に報道されると、世間に大反響を引き起こした。

そして『白樺』の志賀直哉を筆頭に、北原白秋を救おうという動きが沸き起こり、白秋の弟・鐵雄《てつお》の奔走もあって、三百円という高額の示談金を支払って不起訴処分をかちえた。

しかし、当時のマスコミ報道は、法的な免訴を獲得した北原白秋を決して許さず、たとえば讀賣新聞などは「文芸汚辱の一頁」として大々的な批判報道を行った。

法は許しても社会正義が許さぬ現状に、白秋は自殺を思いつめ、その年（明治四十五年＝大正元年）から翌大正二年にかけて、死に場所を求めて霊岸島から木更津へ、あるいは三浦三崎へと転々する。

監獄から出てきた直後に、白秋は『桐の花・哀傷篇』と題した三十三篇の短歌を詠んでいる。

私は、そこにおいてはじめて、北原白秋が人生と密着した作品を作り上げたのではないかと思っている。

この短歌に文学的価値を見いださない人がほとんどだが、それは間違っていると思う。白秋は、明らかにこの三十三篇の短歌を詠んだときから、変貌を遂げたのである。

その短歌の一部をあげておこう。

これを読み返すたび、私は胸が痛くなる。

かなしきは人間のみち牢獄《ひとや》みち　馬車の軋《きし》みてゆく礫道《こいしみち》
夕されば火のつくごとく君恋し　命いとほしあきらめられず
大空に円き日輪血のごとし　禍《まが》つ監獄《ひとや》にわれ堕ちてゆく
一列《ひとつら》に手錠はめられ十二人　涙流せば鳩ぽつぽ飛ぶ
哀《かな》しくも君に思はれこの惜しく　きよきいのちを投げやりにする》

朝比奈は蠟燭の明かりに本をかざしながら、招待状の主の筆跡による書き込みを、声を出しながら由紀絵と宏美に読んで聞かせていった。

さらにつぎのページにまで書き込みはつづく。

《こうした苦悩を経て、白秋はかろうじて自殺を思い止どまり、事件の発端となった俊子と夫の離婚も成立したため、ようやく大正二年に、三浦三崎において彼女との同居生活をはじめるところまでたどりついた。

だが、詩人にとって致命的ともいえる社会的制裁を受けてまで愛し、いっしょになったはずの松下俊子と、白秋は翌三年の七月に大喧嘩をし、彼女を実家に帰してしまうのである。そして、八月一日には離縁。

このような人生の激変の渦中に、北原白秋はあの歌謡詩の名作『城ヶ島の雨』を作り上げる。

そして、それ以降の彼の作品には、処女詩集『邪宗門』にはみられなかった、大自然と人生の融合ともいうべき、数段深みのある味わいが感じられるようになる。

こうした時期の白秋にとって、もっとも頼れるパートナーは二つ年下の弟・鐵雄だったろう、と私は思う。

白秋は、俊子と別れた翌年の大正四年に、鐵雄と組んで『阿蘭陀《おらんだ》書房』という出版社を興す。そして大正六年には、この『阿蘭陀書房』を他人に譲渡し、ふたたび鐵雄とともに『アルス』という出版社を設立。このアルスは、鐵雄が社長に就任し、昭和十七年に白秋が死去するまで、いや、死去したあとも戦後に至るまで、白秋の遺歌集などを出版し、詩人・北原白秋の作品を、折りにふれ世に出しつづけてきた。

ところで、私なりの大胆な分析を示せば、白秋に獄中体験までさせたこの姦通罪事件は、結果論ではあるが、のちに国民的詩人と称される偉大なる北原白秋を世に生み出すために、神が彼に与えた厳しい試練だったという気がしてならない。

もしもあのまま白秋が、処女詩集『邪宗門』に代表されるような、人生を見ずしてムードだけを追うような詩人でありつづけたら、いまの名声はきっとなかったであろうし、一個人としての人生においても、もっとひどい惨劇に痛めつけられていたかもしれない。

いずれにせよ、逮捕そして収監といった体験を経て、白秋は明らかに変わった。

しかも、無罪免訴後の展開が必ずしもハッピーエンドに終わらず、最愛だったはずの人との訣別という皮肉な結末をたどったため、これらの体験によって、白秋の人生観からある種の甘さが取り払われたのは疑いがない。

だから、ともすれば子供向きに作ったとみられてしまいがちな白秋の童謡作品の裏にも、こうした人生の辛酸をなめた彼の視点があることを忘れてはならない。精神的に死の淵まで追い込まれ、地獄を見た白秋であるからこそ、実体験としては二度と帰ることのできぬ童心に、永遠のユートピアを見たのではないか。

その思いが、童謡詩人として卓抜した作品を世に生み出した彼の原動力になっていたのではないだろうか。

そうした目でみれば、北原白秋が英国の『マザー・グース』を翻訳しようと思い立ったのも、非常に理解しやすい気がする。なぜならば『マザー・グース』には、童謡といった概念を越えた人生の深遠が隠されているからだ》

「たんなる書き込みというよりも、これは一種の北原白秋論だな」

細かい万年筆のメモをひととおり読み終わると、朝比奈はカフェオレ色に染めた髪を片手でかきあげながら、感想を洩らした。

そして、ふたたび詩集に視線を落とす。

書き込みが終わったところのページには、大正十年の十二月に出版された『まざあ・ぐうす』の中の一篇が掲載されており、そこを赤いボールペンの枠で囲ってあった。

題名は『十人の黒坊の子供』——

「見てごらん」

朝比奈は、手元に持っていた詩集を燭台のそばに置き、由紀絵と宏美に見やすいように向きを変えて置いた。
「北原白秋は、ちゃんとこの詩を訳していたんだ」

北原白秋・訳

「十人の黒坊の子供」

十人よ、黒坊の子供が十人よ、
お午餐《ひる》に呼ばれて行きました。
一人が咽喉首《のどくび》つまらした。
そこで、九人になりました。

九人よ、黒坊の子供が九人よ、
どの子もどの子も朝寝坊で、
一人がたうとう寝過した。
そこで、八人になりました。

八人よ、黒坊の子供が八人よ、

一緒にデボンを旅してて、
一人が途中で留《とど》まつた。
そこで、七人になりました。

七人よ、黒坊の子供が七人よ、
杖《ステツキ》伐りにと行つたれば、
一人が真二つに腹切つた。
そこで、六人になりました。

六人よ、黒坊の子供が六人よ、
蜂の巣いぢつてつい遊び、
一人が熊蜂《くまんばち》に螫《さア》された。
そこで、五人になりました。

五人よ、黒坊の子供が五人よ、
喧嘩して御訴訟《おそしよう》を起《おオこ》した。
一人が裁判所へ行きました。

そこで、四人になりました。

四人よ、黒坊の子供が四人よ、
みんなで海へと出かけたら、
赤い鯡《にしん》に一人が呑まれ、
そこで、三人になりました。

三人よ、黒坊の子供が三人よ、
こんどは動物園へ行つたれば、
大きな熊《くま》奴《め》が一人を引つ抱《かか》へ、
そこで、二人になりました。

二人よ、黒坊の子供が二人よ、
てんとさんの中へと坐《すわ》り込み、
一人がちぢれて焼け死んだ。
そこで、一人になりました。

一人よ、黒坊の子供が一人よ、
いよいよ、たつた一人よ、
その子がお嫁取りに出て行つた。
そこで、誰《だアれ》も無《な》くなつた。

「まいったな」

乾いた唇を湿しながら、朝比奈がつぶやいた。

「こんな形で『そして誰もいなくなった』に出会うとは……」

「すると白秋の『金魚』という詩は……」

島宏美の問いかけに、朝比奈はうなずいた。

「この『十人の黒坊の子供』に影響されてできたのは間違いない」

朝比奈は、分厚い詩集をパラパラとめくって、『金魚』の詩が掲載されているページを見つけ出した。

それは大正八年に発表された童謡集『とんぼの眼玉』に収録されていた。

「北原白秋の手による『マザー・グース』の翻訳が雑誌などに掲載されはじめたのは大正九年からだけれど、それ以前に彼が『マザー・グース』を目にしていたのは当然予想できる」

「ねえ、ちゃんとみせて」

宏美が、埃まみれの絨毯の上に置かれた詩集に目を近づけた。

「『金魚』という童謡を、ちゃんと活字で見てみたいわ」

その横から、由紀絵も首を差し出して、広げられたページを見つめた。

「金魚」

母《かあ》さん、母《かあ》さん、
どこへ行《い》た。
紅《あアか》い金魚《きんぎょ》と遊《あそ》びませう。

母《かあ》さん、帰《かへ》らぬ、
さびしいな。
金魚《きんぎょ》を一匹《いっぴき》突き殺《ころ》す。

まだまだ、帰《かへ》らぬ、
　くやしいな。
　金魚《きんぎよ》を二匹《にイひき》締《し》め殺《ころ》す。

なぜなぜ、帰《かへ》らぬ、
ひもじいな。
金魚《きんぎよ》を三匹《さんびき》捻《ね》じ殺《ころ》す。

涙《なみだ》がこぼれる、
　日《ひ》は暮《く》れる。
紅《あアか》い金魚《きんぎよ》も死《しイ》ぬ、死《し》ぬ。

母《かあ》さん怖《こは》いよ、
眼《め》が光《ひか》る、
　ピカピカ、金魚《きんぎよ》の眼《め》が光《ひか》る。

「朝比奈君……」

詩集から顔をあげた島宏美は、こわばった表情で朝比奈に言った。

「アガサ・クリスティのミステリーでは『マザー・グース』が使われたけれど、私たちを閉じ込めた犯人は、代わりに北原白秋の『金魚』を主題にして、連続殺人をはじめようとしているんじゃないの？」

「島さんも……とうとうそこまで想像するようになったか……」

「なったわよ」

宏美の横にいる浜野由紀絵は、蠟燭の明かりに照らされた詩集のページをまだ見つめていた。

「私……」

宏美がかすれた声で言った。

「正直に打ち明けるけれど、私……怖くなってきたわ。はじめて怖くなってきた。あそこに現実に死体が転がっているというのに、いままでは感覚がマヒしていたみたいになっていたけれど、もうダメ。抑えられない。怖い……」

宏美が向けた視線の先には、熊谷須磨子とみられる女性の死体があるはずである。

だが、その窓際は、蠟燭の光が届かずに暗く沈んでいた。

「どうしよう……」

宏美の着ている赤いスーツの袖口が、彼女の身体の震えを伝えて、小刻みに揺れはじめていた。

「ああ、震えが止まらなくなっちゃった」

「私もです」

まるで、怖がっていることを競い合うように、由紀絵も詩集から顔をあげて訴えた。

「朝比奈さん……私も怖いんです」

由紀絵は、斜め座りにしていた脚をずらせて、朝比奈のほうへ身体を引き寄せた。

「ほんとうに、推理小説みたいに第二の殺人が起きるんでしょうか」

「起きるに決まっているわよ、由紀絵」

二つの詩を見較べて以来、すっかり脅えの色を面に表した宏美が、唇をわななかせながら言った。

「私、犯人がここまで偏執狂だとは思わなかったわ。本気よ、絶対に犯人は本気で連続殺人をはじめるつもりだわ」

「でも、犠牲になるのは私たちじゃないかもしれないでしょう」

「どういうことよ」

「だから、熊谷さんのように、あらかじめ誰かがもう殺されていて、その死体が目の前に現れるんじゃないかしら」

由紀絵は楽観的な見方をとったが、宏美はショートカットの髪の毛をバサバサと揺らしながら、激しくかぶりを振った。

「きっと、つぎの犠牲者は私たち三人の中から選ばれるんだわ。そして第二の殺人は、この蠟燭が消えて真っ暗になってから行われる」

宏美は、目にみえて短くなった蠟燭を見つめて言った。

「あと……一時間も経たないうちに……」

その瞬間、また『あれ』がはじまった。

「母さん、母さん、どこへ行《い》た」

金切り声が叫びはじめた。

「やめてっ！」

宏美が両耳をふさいだ。

だが、女の金切り声は、いままでよりもはるかに大きな声で、再度、北原白秋の『金魚』を朗読しはじめた。

# 十三　金魚を二匹締め殺す

「母さん、母さん、どこへ行た。紅い金魚と遊びませう」

いままでよりも、格段とスピーカーの音量が上がったようだった。そのスピーカーはどこに設置してあるのかわからない。しかし、真っ暗な天井から降り注いでくる女のキンキン声は、朝比奈たちの鼓膜を突き破りそうなほど鋭かった。声そのものが凶器という感じで耳に刺さってくる。

「母さん、帰らぬ、さびしいな。金魚を一匹突き殺す」

「うるさいわね！　もうわかったわよ」

いままで冷静だった宏美が、両手のこぶしを握りしめて叫んだ。

「まだまだ、帰らぬ、くやしいな。金魚を二匹締め殺す」

「締め殺されてたまるもんですか」

「金魚を二匹締め殺す」

金切り声の女は、詩では繰り返されなかった部分をヒステリックに繰り返した。

「金魚を二匹締め殺す」

また繰り返した。

「やめてよ!」

宏美の声までが、負けないくらいの金切り声になってきた。

「朝比奈君……もう私、耐えられない。もうどうなってもいいから、窓ガラスを割って助けを呼んで。おねがい。このまま夜明けまでガマンすることなんてできない。ねえ、朝比奈君……ねえ……どうしたの?」

髪の毛を振り乱しながら叫んでいた宏美は、朝比奈の視線が何かに集中しているのを見て、興奮を抑えながら、いぶかしそうにたずねた。

「何を見ているの、朝比奈君」

「……あ……いや、なんでもない。ただ、これからどうしようかと思って」

朝比奈はとっさに嘘をついた。

じつは——彼が見つめていたのは、蠟燭の明かりに照らし出された三人の足元だった。正確に言えば、三人の靴である。

朝比奈の焦げ茶色の革靴には、乾いた泥が一面にこびりついていた。この洋館に入るとき、玄関の石段の前にひどいぬかるみがあり、そこにはまり込んだためである。靴底の泥は石段でこそげ落としたが、周りや上のほうの泥は落とせないまま乾いてしまっている。スラックスの裾のあたりもひどいありさまだった。

赤いスーツと組み合わせた島宏美の赤いハイヒールも、かなり泥にまみれていた。また、ストッキングの足首の後ろあたりにも、だいぶハネが上がっている。おそらく宏美も朝比奈と同じような目にあったのだろう。

ところが——

浜野由紀絵のはいている白いハイヒールは、汚れひとつないのだ。また、ライトブルーのワンピースから伸びた脚にも、泥のハネはまったく見当たらない。

(これはどういうことなんだ)

朝比奈は、不思議に思った。

この洋館へやってきたのは、島宏美、浜野由紀絵、そして朝比奈耕作の順番である。

(いちばん最初に来た宏美と、最後にやってきたぼくの靴だけが汚れていて、由紀絵の靴だけがきれいなのはどういうわけだ)

そもそも、ここ数日まとまった雨も降っていないのに玄関回りがぬかるんでいたのも不思議だが、あれだけのぬかるみが二時間おきに現れたり消えたりすることはない。

かといって、あそこに足を突っ込まずに玄関へたどり着くのは、まず不可能だ。とりわけ最初の一歩は草むらに隠れていて、よほど注意を払わないかぎり、雑草の下にどろどろのぬかるみが隠れていることはわからない。

では、宏美と朝比奈の靴が汚れていて、由紀絵の靴だけがきれいな理由として、他に何が考えられるか。

(浜野由紀絵は、最初から洋館の中にいたのでは!)

まさか、というような考えが朝比奈の脳裏にひらめいた。

(いちばん脅えているような顔をしていながら、この子がすべての仕掛け人だという可能性はないのか。女優志望だったというなら、泣いていたのはすべて演技だった可能性もある)

色白の頬を蠟燭の炎でオレンジに染めている由紀絵の顔に、朝比奈は目をやった。

(そういえば、彼女はワーグナーの歌劇『タンホイザー』にも詳しく、また、たったいまも文豪島崎藤村について博学なところをみせている。それでいて、北原白秋についての知識はほとんどないというのは不自然ではないか)

(いや、それとも、それはたんなる偶然か)

考えているうちに、当の由紀絵と目が合った。

朝比奈が反射的に目をそらそうとするより早く、困ったような表情を浮かべて、由紀絵がつぶやいた。

「あの、朝比奈さん」

「なに」

「蠟燭が消えて真っ暗になる前に……そして、何かが起こる前に……私……私……」

「どうした？」

「お手洗いに行きたいんです。ですから……申し訳ありませんけれど、いっしょについてきていただけますか」

これが青天白日のもとで言われたセリフなら、朝比奈はドキッとしただろうが、すでにこの異常事態では、おたがいに生理現象を照れたり隠したりする余裕はなかった。ただ、一方で宏美がじわじわと押し寄せてくる恐怖におののきはじめているのに、片方で、いままで怖がっていた由紀絵がトイレのことを切り出すのも、タイミングとしてはチグハグな気がした。

しかし、浜野由紀絵という美しい女性が、こういった状況でなくとも、いまひとつ常人とはテンポのずれた言動をするらしいとわかってきたので、これはこれで彼女としてはふつうの行動なのかもしれなかった。

「行くなら、島さんについていってもらったほうがいいよ。やっぱり女性どうしのほうがいいから」

朝比奈はそう言ったが、由紀絵は納得しなかった。

「いや……私、朝比奈さんと離れるのがいやなんです」

「大丈夫だよ。蠟燭をきみたちが持っていっても、用が済んだらどこか適当な場所に落ちついてくれたら、こんどはその明かりを頼りに、ぼくが近づいていけばいいんだから」

「でも、朝比奈さんに見ていてほしいんです。私がおしっこをしている間、ずっと」

由紀絵は、あくまで周囲を監視していてほしいという意味で言ったのだろうが、受け取りようによっては、なんとも変態じみて聞こえるので朝比奈は返事に困ってしまった。

文学少女だったくせに、由紀絵は、いざというときにうまく言葉を選べない傾向があるらしい。『おしっこ』という言葉ひとつとっても、宏美がサッパリした口調で言うと何のいやらしさもないのだが、いつも内気な態度で男に接する由紀絵が言うと、妙に淫靡な響きがあった。

そういった由紀絵の態度をみて、宏美が怒ったように立ち上がった。

「いいわよ、三人であっちに行きましょう。私だって朝比奈君とは離れていたくない。もう、一秒だって離れていたくないんだから」

まだ座ったままでいる由紀絵を見下ろしながら、宏美はいままでにないきつい調子で言った。

「わかった？　由紀絵。これから先は、一人で甘えっ子になるのはナシよ。自分ひとりだけで助かろうとしないでね。……さ、早く立ち上がりなさい」

「やだ！」

驚いたことに、浜野由紀絵は強い口調で宏美に逆らった。

「朝比奈さんは、島さんには渡さない」

「あのねえ、由紀絵」

宏美は、うんざりした口調で言った。

「私はそういう意味で言ってるんじゃないのよ」

「そういう意味で言ってるくせに、嘘つかないで。私、さっき見てたんだから」

「何をよ」

「あなたが朝比奈さんとキスしているのを」

「…………」

さすがに、宏美はバツが悪そうな顔をして黙った。

朝比奈も、時と場合をわきまえずに、いきなり由紀絵が彼に対する独占欲と、宏美に対する嫉妬心をむき出しにしてきたので、戸惑いを隠しきれなかった。

両手に花、などと浮かれている場合ではない。一人だけきれいな靴をはいている由紀絵に対する疑惑がぬぐいきれずにいるときに、彼女のアプローチを呑気に喜んではいられなかった。

「とにかく朝比奈さんは私のものよ」

そう言うと由紀絵は、もう大半が溶けかかって、あとわずかの命となった蠟燭を載せた燭台を片手に持ち、ゆっくりと立ち上がった。

そして、有無をいわさずにもう一方の手を朝比奈の腕にからめ、宏美に向き直った。

「悪いけど、私が……ううん、私たちが戻ってくるまで、島さんはそこで待っていて。そばに来ないで」

「由紀絵……」

宏美は怒りを込めた瞳で、かつて『学校一の美少女』の評判を二分するライバルだった相手を睨みつけた。

しかし、朝比奈とも目を合わせたのちに、懸命に感情を抑えたため息をついて言った。

「いいわよ。それじゃ、朝比奈君に付き添ってもらって、行ってきなさいよ。それにしても、何から何まで控え目だったあなたが、男の人に向かってそういう態度に出るとはね」

「まあまあ」

間に入った朝比奈が、やむをえず宏美のほうをなだめにかかった。

だいぶ情緒の安定に欠けてきたとはいえ、まだ宏美のほうが物の道理がわかっていると思ったからである。

「とにかく島さんは、そこにいてほしい。浜野さんの用が済んだら、蠟燭をかざしながらこっちに戻るから、きみのほうからも、この蠟燭の明かりに近づいてきてくれ」

「わかったわ。わかったけど、私だって怖いのよ。……それを忘れないで、朝比奈君」

宏美は、めずらしく縋るような目つきをした。

が、すぐにふだんの彼女の顔つきに戻って言った。

「ま、いいわ、いってらっしゃい。ここで待っているから。その代わり、蠟燭の火が消えたあとは、絶対に朝比奈君もそばにいてくれなくちゃいやよ」

「もちろんだよ」

朝比奈はうなずいてから、由紀絵が手にした蠟燭のほうに左手をかざして腕時計を確かめた。

北原白秋の詩集などに見入っているうちに、もう午前零時半になっていた。

そして、燭台に載っている蠟燭の長さは、余すところほんのわずかだ。

(この灯が消えたとき、いったい何が起きるんだ)

朝比奈の心の中を不安がよぎった。

だが、そんな彼を、由紀絵がせかした。

「早く、朝比奈さん。いっしょについてきて」

「あ、ああ……」

仕方なく朝比奈は、由紀絵に引っぱられる格好で、その場から十五メートルほど離れた窓際に向かっていった。

由紀絵は右手に燭台を持ち、左手はしっかりと朝比奈の右腕にからめたままだった。まるでデート中の恋人、といった格好である。

それにしても、この浜野由紀絵という清楚でシャイな美女の変わりようはどういうことなんだ、と朝比奈が内心ため息をつきかけた、その瞬間だった。

さきほどの場所に居残ったままの宏美から、およそ七、八メートル離れたあたりまできたとき、朝比奈の腕をつかんでいた由紀絵の手にギュッと力が入り、それと同時に、彼女は燭台を持っていた手を自分の口元に持ってきた。

そして、フッと蠟燭の炎を吹き消した。

あたりが真っ暗になった。

「なにをするんだ！」

朝比奈が叫んだ。

「どうしたの！」

暗がりの奥から、宏美が叫んだ。

「なんで急に明かりが消えちゃうの」

「どうせあと三十分もすれば蠟燭は消えてしまうんだから、いま消えたって同じでしょ」

そう答えると、由紀絵は朝比奈を押しやるようにして、宏美のいる場所からさらに遠ざかろうとした。

そして、歩きながら叫んだ。

「朝比奈さんは、宏美には渡さないわ。絶対に」

彼女は、はじめて島宏美を下の名前で呼んだ。いままで由紀絵が発していたか細い声からはとうてい想像もつかないほど強い口調だった。

「ほんとはトイレなんかが目的じゃないの。朝比奈さんを宏美から離しておきたかったのよ」

「由紀絵！」

「浜野さん、ちょっと待て」

朝比奈は、彼をぐいぐい押してゆく由紀絵の動作を力で押しとどめた。

「こんなときに勝手な行動をとっちゃダメだ。島さんを一人にしたらまずい」

「いいの」

「よくない」

「だって、朝比奈君は私のものなんですもの」

暗闇の中で、由紀絵が朝比奈の体にしがみついてきた。

「なに言ってるのよ。私をひとりぼっちにしないで」

叫ぶ宏美の声に、はっきりとした恐怖がまじっていた。

「朝比奈君を返して！　朝比奈君、早くこっちに戻ってきてよ」

「だめ、あなたになんか返さない！」

洋館に閉じ込められてから五時間半、事態が刻々と深刻さを増していく過程で、浜野由紀絵の理性がぼろぼろと崩壊していったのは明らかだった。

また、金切り声を張り上げる得体の知れない女によって、いつ第二の殺人がはじまるかわからない異常な状況では、由紀絵にしても宏美にしても、この場でたったひとりの男性である朝比奈耕作を頼りにし、彼を独占したいという気持ちになるのも納得できた。

しかし、それ以前の問題として、中学卒業以降も交流をつづけてきたこの二人の美女の間には、激しい確執が潜んでいたのだ。朝比奈は、いまになってやっとその事実を読み取った。

だが、そんな二人の板挟みになっている場合ではなかった。

予定よりも三十分早く暗黒が訪れたということは、予定よりも三十分早く『最悪の事態』が襲ってくることを意味する。

朝比奈はすばやく周囲を見回した。

唯一の光が消え、闇に覆われた館の四方の壁には、細長い窓が上下二段、ぜんぶで十六カ所に設けてあったはずである。そこからせめてもの月明かりが入っていれば、と思って朝比奈は目を向けたのだが、その期待は虚しく裏切られた。

かろうじて玄関側の窓ガラスが周囲の闇よりもほんのわずかに違う色で浮かび上がっているのをのぞけば、あとは窓枠の形すら見えない。やはり、窓の外に生い茂る木々が、月明かりが差し込むのを阻んでいるのだ。あるいは、上空に輝いていた青白い月も、いまは雲の陰にその姿を隠してしまっているのかもしれない。

これだけ深い闇では、朝比奈としても第三者の行動を予測しようがなかった。

「由紀絵さん」

朝比奈もはじめて浜野由紀絵を下の名前で呼び、すがりつく彼女の身体をいったん離してから、あらためて彼が主導権を握る形で腕をとった。

「さあ、すぐに宏美さんのところへ行こう」

「いやです」

「勝手なことを言ってはダメだ」

「いや、朝比奈さんとずっと寄り添っていたい。宏美さんにあなたをとられたくない」

由紀絵はふりしぼるような声で懇願した。

「お願い。私だけの朝比奈さんでいて」

「いまはそんなことを言っている場合じゃないんだ」

朝比奈はきつい調子で由紀絵を叱った。

「もしもきみが言うことをきかないのなら、いまここできみをつかんでいる腕を離して、ぼくは勝手に離れるぞ」

「だめ！」

かぶせるように、由紀絵が叫んだ。

「だめだめだめ、私をひとりにしないで」

由紀絵は泣き声になってきた。

だがその表情は、これだけ近くても朝比奈には窺うことができない。

「こんな暗闇の中でひとりぼっちにされたら、私、気が狂っちゃう」

「宏美さんが、いまはその状況なんだぞ。いま、真っ暗闇の中で一人でいる彼女の身にもなって考えてみろ」

「やっぱり朝比奈さんは宏美さんが好きなのね。宏美さんを助けられれば、私なんて、どうなってもいいって思っているんでしょ」

「由紀絵さん……」

「どうせ彼女は優秀よ。美人で、頭がよくて、明るくて、健康的で、しっかりしていて、しかも女医さんでお金持ちですものね。私みたいに、気が弱くて、病弱で、引っ込み思案で、自分ひとりでは何もできない女なんかよりも、ずっとずっと魅力的な人ですものね」

暗闇の中で、由紀絵は鼻をすすりあげた。

しゃくりあげるたびに、朝比奈がつかんだ由紀絵の腕が上下した。

「どうせ、朝比奈さんは宏美さんと結婚するつもりなんでしょう」

由紀絵のいうことが支離滅裂になってきた。

「わかっているんです。いつだって……いつだって……私が好きになった男の人は、みんな私から離れていくんです」

「………」

朝比奈の脳裏に、また疑惑が湧き起こった。

(やはり、由紀絵がこの洋館にぼくらを閉じ込めた犯人なのか。ぼくを自分のものにし、ライバルである宏美にこれまでの劣等意識の仕返しをするために)

(いや、そんなことはあるまい)

すぐに朝比奈は思い直した。

(きょう、ここで再会するまで、ぼくは宏美にも由紀絵にも一度も会っていないのだ。中学を卒業してから十五年間も……。そんなぼくに対し、衝動的な恋愛感情を抱くことはあっても、計画的に何かをしようと準備していたはずがない)

（でも、彼女だけきれいな靴をはいているのはどういうわけだ）

見えないのがわかっていながら、朝比奈は由紀絵の足元に目を向けた。

（宏美やぼくと同じように、外からこの洋館に入ってきたなら、絶対に彼女の白いハイヒールは汚れていなければならないのに……）

そのことを単刀直入にたずねてみようかと思ったとき、いきなり由紀絵が朝比奈の手をふりほどいた。

「もういいです！」

朝比奈がびっくりするほどの大声で、由紀絵が叫んだ。

「そんなに私を大切にしてくださらないなら、大好きな宏美さんのところへ行ってあげてください」

そう言うなり、由紀絵はバッと駆け出した。

「あ……由紀絵さん！」

朝比奈は叫んだが、もう彼女がどこへ行ったのかわからなくなった。

床には絨毯が敷いてあるので、ハイヒールの足音もほとんど響かない。

かすかに、ワンピースの衣擦れの音と、嗚咽をこらえるウッウッという小さな声が聞こえてくるだけだ。……が、それでは彼女の逃げた方向がわからない。

「だめじゃないか、由紀絵さん、勝手に離れたら」

朝比奈は、由紀絵の応答を待った。

しかし、暗闇からは何も返事が返ってこない。

「宏美さん……島さん」

朝比奈は、こんどはひとりぼっちになっていた島宏美に呼びかけた。

「きみはどこにいるんだ」

「ここよ」

「ここよ、と言っても、真っ暗でわからない」

「私だって自分がどこにいるのか見当がつかないわ」

石造りの洋館に、宏美の声が響いた。

へたに反響するために、声の出どころがわからない。

朝比奈は、右に左に身体を向けながら、必死に彼女の居場所を探った。

(くそっ、ほんのちょっとでも外の明かりが入ってくれれば)

朝比奈は、必死に目を見開いた。が、まったく予想外の闇の濃さである。

「よし、それじゃあ、こうしよう」

朝比奈は大きな声で言った。

「いまからぼくが一定の大きさで手を叩きながらゆっくりと中を歩き回る。その拍手の音が近くなったり遠くなったりする状況を耳をすませて聞きながら、ぼくの場所を判断してほしい。このほうが、一ヵ所にじっとしているよりも、音の出どころをつかみやすいだろう」

「わかったわ」

宏美から返事があった。

「由紀絵さんも、いま言ったことが聞こえたね」

朝比奈は呼びかけた。

が、こちらは返事がない。遠くのほうですすり泣きの声が聞こえるだけだ。

朝比奈は、もういちどだけ浜野由紀絵に向かって呼びかけた。

「いいかい、いまから夜が明けるまでは、三人でしっかり固まっていないと、ほんとうに危険だ。逆に、三人でまとまっていれば、相手は襲ってきにくくなる」

犯人にこの会話が筒抜けなのを承知のうえで、朝比奈は言った。

それでも、由紀絵からの返事はなかった。

その段階で、さきほどよりも強い疑惑がムクムクと頭をもたげてきた。

(この暗闇の中で、浜野由紀絵は被害者から加害者へ変身するのだろうか)

朝比奈は緊張した。

「朝比奈君、早くして。早く手を叩いて」

宏美が催促した。

「オーケー、それじゃいくよ」

朝比奈は、パン……パン……パン……と一定の間隔をおき、一定の大きさを保って両手を叩きながら、ゆっくりとした歩みで闇の中を歩きはじめた。

「ぼくはいま、方向を変えずにまっすぐ歩いているつもりだ」

手を叩きながら、朝比奈は言った。

「どこかにぶつかるまで、とにかく直線コースを歩いている。それを頭に入れて、場所を判断してくれ。それから、そっちのほうからときどき声を出してもらったほうが、ぼくもおたがいの位置関係をつかみやすい」

「いま、朝比奈君の声と手を叩く音が、右のほうから聞こえてくるみたい」

宏美が言った。

「でも、だんだん遠ざかっていく感じよ」

「待ってくれ。じゃあ、百八十度方向を変えよう」

朝比奈はそう言うと、暗闇の中でまわれ右をして、おそらく百八十度向きを変えたと感じられたところで、また手を打ちながら歩きだした。

「ああ、こんどは近づいてくるわ」

「だったら、きみはその場を動かずに、ずっと聞いているんだ。そして、いちばん音が近くなって、また遠くなりかけたところで合図してくれ」

「はい」

パン……パン。パン……パン……パン。

手を叩きながら、朝比奈は歩みをすすめる。

「どんどん近づいてくるわ」

「ぼくにも、きみの声が近く感じられてきた」

闇の中で声をかけあいながら、朝比奈のほうも、なんとなく宏美のいる場所の見当がついてきた。

「あ、少し遠くなったわ。行きすぎた感じよ」

その声で、朝比奈はぴたりと足を止めた。

「では、ここから九十度だけ向きを変えてみる。それで手拍子の音が近づいてくるのか、それとも遠ざかるのか、また教えてくれ」

「はい」

パン……パン……パンと手を打ちながら、朝比奈は、いままでとは直角の方向に歩きだした。

と——

パン……パン……パン。

パパパン、パパパパン、パパパパン、パン。

パン……パン……パン。

パパパン、パパパン、パパパン、パン。

ゆっくりとした間隔の朝比奈の手拍子に交じって、もっと早いリズムの手拍子がまじった。

「宏美さん、そっちからは叩かないで」

自分の手拍子をやめて朝比奈が注意した。

「二つの手拍子がまじると、せっかくの場所がわからなくなる」

「私じゃないわ」

宏美が返事をする。

「手を叩いているのは、私じゃないわよ」

そのやりとりの合間にも、まるで手じめでもするようなリズムで手拍子が鳴る。

パパパン、パパパン、パパパン、パン。

「由紀絵さんがやっているのか」

朝比奈が声を張り上げて聞いた。

「いいえ」

やっと由紀絵からの返事が戻ってきた。

「私は何もしていないわ」

脅えたような声である。

「なんだって……由紀絵さんでもない？」

たしかに、彼女の声はぜんぜん別の方角から聞こえてきた。

パパパン、パパパン、パパパン、パン。

朝比奈は青ざめた。

「ちょっと待ってくれよ……宏美さんも由紀絵さんも、ほんとうに手を叩いていないんだね」

「叩いていないわ」「叩いていません」

別々の方角から、二人の返事が返ってきた。

その間にも手拍子は鳴りつづけ、さらにその音が、ゆっくりと闇の間を移動していくのがわかった。

（いままでの詩の朗読のように、スピーカーを通じて聞こえてきているのではないな……）

全身に鳥肌が立つのを感じながら、朝比奈は思った。

（この手拍子は、ナマの音だ）

パン、パ、パン……パン、パ、パン…………パン、パ、パン。

手拍子のリズムが変わった。

いままでよりも間をおきながら、朝比奈よりも少し離れたところを通りすぎた。

「朝比奈君……」

島宏美が、悲痛な叫び声をあげた。

「私たち三人のほかに、誰かいる！　すぐそばに誰かいる！　この家の中を誰かが歩いているのよ！」

パン、パ、パン……パン、パ、パン…………パン、パ、パン。

「たすけて、朝比奈君。こっちにくるわ」

「宏美さん、声を出しつづけていろ！」

朝比奈も興奮して叫び返した。

「なんとかしてきみのいる場所へ行くから」

パンパンパンパン、パンパンパンパンパン。

また手拍子のリズムが変わり、ふたたびテンポが早くなった。

「やだーっ、誰かが私の周りを回っている！」

宏美の声は、恐怖で完全に裏返っていた。

朝比奈は、自分の指示の過ちに気がついた。宏美に声を出させれば、朝比奈だけでなく、手拍子の主にも居場所がわかってしまう。

「宏美さん、逃げろ。相手だって見えないのは同じなんだ。口をつぐんで逃げろ」

それに応じて、タッタッタと絨毯の上を走る音がした。朝比奈から遠ざかっていく方角だ。

と、つまずいたのか、ドサッという音がした。

「いたい！」

宏美の叫びが洩れた。

「声を出すな」

朝比奈が叫んだ。

「宏美さん、ハイヒールは脱いだほうがいい。裸足でそっと歩くんだ。音を立てるな。息も抑えて。由紀絵さんも同じようにしろ」

朝比奈は、どこにいるのかわからない浜野由紀絵にも呼びかけた。

「いいか、二人とも声を出すなよ。音も立てるんじゃないぞ。そうすれば相手もこっちの場所がわからないんだ。そして気配を感じたら、すぐ別の場所へ逃げろ。わかったね。いまからぼくも黙る。夜明けまでこの鬼ごっこをつづけていられれば、相手はまたどこかに隠れざるをえない」

そう言って、朝比奈も口を閉じた。

だが、彼の腋の下には、恐怖の冷や汗がぐっしょりと吹き出していた。

(相手は、ぼくらを殺すための凶器をきっと持っているだろう。童謡の歌詞のとおり、

締め殺すためのロープか、それとも熊谷須磨子を殺したのと同じように刃物なのか）

（その凶器が、前からくるのか、横からくるのか、背中からくるのか、こっちにはぜんぜん見えないんだ）

（そうだ……）

朝比奈は、あることに思い当たって、さらに緊張した。

（まさか、相手は暗視スコープなどを持っているんじゃないだろうな）

人間の網膜では感知できないほどのわずかな明かりを増幅する装置や、あるいは完全な闇でも赤外線を照射しながら昼間同然に見えてしまう装置があれば、朝比奈たちは敵の凶刃に無防備でさらされたも同然だ。

「キャッ」

また悲鳴があがった。

宏美の声だ。

「足元がグニャグニャ……熊谷さんを……死んでる熊谷さんを踏んじゃったみたい」

「そこから離れろ、窓際から離れろ。場所がわかってしまうぞ」

朝比奈は叫んだ。

叫んだあとは、すぐに場所を移動する。

できれば、宏美のほうへ近づきたいのだが、壁沿いに移動するのは危険だった。壁だけが、闇の中で唯一手探りのきくガイドになる以上、そこで犯人と鉢合わせをする危険性がある。

朝比奈は闇の中を泳ぐようにして手を突き出しながら前へ進んだ。もちろん、彼自身にも、方向性がわかっていない。

そのとき、キュイーンというかすかな音がした。

ストロボが充電されるときのような、高いサイクルの音だ。

(なんだろう?)

朝比奈が疑問に思ったとき、

「だめーっ!」

三たび宏美の悲鳴があがった。

こんどは、さっきよりも数段真に迫った叫びだ。

「どうした」

「つかまっちゃったー!」

宏美の声は泣いていた。

「後ろから……後ろから……やだやだやだ……死にたくない。締め殺されたくない。朝比奈君たすけて! 金魚になんかなりたくないよー。う……うえっ……」

宏美が、ひしゃげた声を出した。

迷っていられなかった。

朝比奈は、悲鳴のするほうへ目がけて全速力で走った。

数秒後、ドン、と目から火が出るような激しい衝撃を顔と胸に感じ、朝比奈は後ろに吹っ飛ばされた。

自分が考えていたのとはまったく別の方向へ走っており、吹き抜けの中央にある太い円柱に激突してしまったのだ。

瞬間的に、朝比奈は気を失った。

意識が遠のいていくのは自分でも感じていたが、つぎに我に返ったとき、朝比奈は自分がどれくらい気絶していたのか、見当がつかなかった。

半身を起こすと、生温かくて錆臭いものが、鼻から唇へ垂れていく。たぶん鼻血が出ているのだろう。額からも出血しているようで、血が目に入っていくのがわかった。

「くそっ」

自分を叱りつけるように吐き捨てると、朝比奈は額を押さえながら立ち上がった。

一瞬、クラクラッとめまいをおぼえた。

そして、しっかりと足を踏ん張ったときには、もうすでに、ぶつかった円柱がどっちにあるのか方角がわからなくなっていた。

「宏美さん……」

朝比奈は、島宏美の名前を呼んだ。

しかし、応答はない。

由紀絵がどうしているか気になったが、ここで声をかけて返事をさせるのは、彼女の身にも危険が及ぶ。

とにかく問題は、喉をつぶされたような声をあげたきり黙ってしまった宏美の状況だ。

「宏美さん、聞こえたら返事をしろ」

たらたらと流れ落ちる鼻血を手の甲でぬぐいながら、朝比奈が呼びかけると、宏美ではなく、そして由紀絵でもない女の声が、どこかでつぶやいた。

「二四目の金魚が……死にましたよ」

声質からすると、スピーカーを通じて北原白秋の詩を金切り声で朗読していた例の女と同一人物のように思われた。

決して若くはない声だ。が、それほど年を取っているともいえない。

「二四目の金魚が……死にましたよ」

女の声は、同じセリフを繰り返した。

# 十四　正　体

島宏美を殺したことを示唆するような言葉を発したあと、女の声は黙った。

朝比奈は、最大のピンチに追い込まれている自分の立場を理解した。

どこからも逃げ出すことのできない密閉空間。しかも一寸先すら見えぬ闇。この状況で、どうやって相手から身を守れというのか。

腕時計の文字盤が読めないので時間は不明だが、夜明けまであと五時間前後はあるに違いない。暗黒状態がつづくその間に、相手に殺されずに生き延びられるチャンスがどれほどあるか、朝比奈にはまったく自信がなかった。

唯一の望みは、相手が女性で、しかも一人だと予想される点である。

だから、ピストルとか刃物などで襲ってこないかぎり、力では朝比奈が負けるはずはない。けれども、この真っ暗闇の中で宏美がつかまってしまったのは、たんに彼女の悲鳴から位置を割り出したのではなく、朝比奈が恐れているように、暗視装置を持っている可能性をも示すものだった。

もしもそうだとしたら、完全にお手上げである。

朝比奈の喉は、カラカラになっていた。

もう五、六時間も水分を補給せずにいるのと、極度の緊張とで、舌が上アゴの内側にへばりついたようになって離れない。皮肉なことに、鼻から滴り落ちる鼻血が、彼の口に入ってくる唯一の水分だった。

どこからかヒッヒッヒッヒッと引きずるような泣き声が聞こえてきた。

浜野由紀絵が泣いているのだ。

その泣き声は、犯人に対して居場所を示す危険なサインとなるのだが、これを止めさせることはできまい、と朝比奈は思った。いったんゆるんだ緊張の糸を、すぐさま元に戻せるほど、由紀絵の精神力は強くない。

(どうするんだ)

朝比奈は自分を問いただした。

(宏美が殺されたとなると、相手は完全に本気だぞ。どっちが『三匹目の金魚』になるんだ。ぼくか、それとも由紀絵か)

(そうだ……何かを話しかけよう)

朝比奈は思った。

(このまま無言を貫くのではなく、相手の正体を探るために、なんでもいいから暗がりの中に潜む犯人に話しかけるんだ)

（何をたずねる）

（殺す理由……そうだ、この女がぼくらを殺そうとする理由をどうしても聞き出さなければ）

そして、朝比奈が口を開こうとした瞬間、少し離れた場所から、女の声のつぶやきが聞こえてきた。


月夜であります。

月夜であります。

月夜である。


また詩の一節のようだった。

だが、たとえば『邪宗門秘曲』を金切り声で読み上げたときとは違って、なんとも穏やかな、柔らかな声である。

闇の中の声は、近くのようでもあり、遠くのようでもある。

その声が詩を朗読する。

甘藍《キャベツ》がはらりと一皮はねた、
重い羽ばたき、梟《ふくろう》だ。
七面鳥は朱に青に、
膨れかへつて焦《あせ》つてる。
とても明るい山独活《うど》だ、
雌蕋《めしべ》の花粉は唸つてる。
バタの香も新鮮だ。
燕麦《えんばく》、漆姑草《つめくさ》、青蓬、
裸の子供のにほひもする。
さら、
さら、
さら、さら、さら、さら、唐黍だ。
紅い垂毛《たりげ》は目がさめて、
誰か来ぬかと待つてゐる。
暑い、暑い、暑い、暑い、

へえほう。と
虫も啼いてる、草むらで。
かあん。
と、空鳴《からな》り、空の鐘

ハッと由紀絵が息を呑む音がした。

いや、これだけはっきり聞こえたのだから、息を呑むというよりも小さな叫びを洩らしたのかもしれない。

だが、その理由は朝比奈にはわからなかった。

女の穏やかな声がつづく。


月夜であります。

月夜であります。

月夜である。

「神父さん。」トントン。

「神父さん。」トントン。

「神父さん。」トントン。

「神父さん。」トントン。

「神父さん。」トントン。

「神父さん。」トントン。

「副院長さん。」トントントン。

「院長さあん。」トン。


「しっ。」

「しっ。」

「しっ。」

「しっ。」

「しっ。」

「しっ。」

さうした声がするやうで、

じつはしませぬ。牛舎《ぎうしや》です。
暗さは暗し、静かです。
腐れたにほひ、乳のにほひ
燦燦《きらきら》ひそむ黄金虫《こがねむし》、
ひつそりとうつ尻尾《しつぽ》の尖《さき》、
草のちり屑、
尿のにほひ、
また食べかけの向日葵《ひまはり》の
花も何処かに燃えてる筈。

眼。
眼。
眼。
眼。
眼。
眼。
眼。

月夜であります。

月夜であります。

月夜である。

「お乳が張つたあ。マリヤさま。」

トン。

「しっしっ。」

「しっ。」

後はひっそり、
牛舎です。


長い沈黙があった。

闇の中の沈黙は、通常の時の流れの何十倍も遅く感じられ、その静寂は、光あふれるときの何十倍も静かに感じられた。

「朝比奈さん……」

最初に口を開いたのは、意外なことに浜野由紀絵だった。

「私……いまそこにいるのが誰だかわかりました」

「正体がわかったって？」

「はい」

暗闇の中で、たがいに見えない朝比奈と由紀絵の声が飛び交った。

「わかりました」

「どうやってわかったんだ」

「声に聞き覚えがありませんか」

「声に？」

朝比奈は問い返した。

「……いや、ないけど」

「中学時代を思い出してください。私たちがいっしょに教室で学んだときのことを」

クラスメイトの誰か、ということなのだろうか。

しかし、朝比奈はまったく思い当たらなかった。

だいたい十五年間も会わなかった中学時代の同級生の声など、記憶にあるようでいて、なかなかないものである。男子生徒二十数名のうち、いまでも交流のある数人をのぞけば、いかに当時仲がよかった人間でも声質は忘れてしまっているし、まして女子生徒の中でつきあいのある者はまったくいなかったから、声から誰かを思い出せといわれても無理だった。

島宏美や浜野由紀絵にしても、その美貌が記憶にあったからこそ、こういう場所で唐突に会っても相手を認識できたのだ。声だけだったら、そうはいくまい。

「私……いまの詩を聞いて思い出したんです」

由紀絵の声が、だいぶ離れたところでする。

「題名は『トラピストの牛』……」

「それも北原白秋の詩なの」

「そうです。私、いままですっかり忘れていました。中学校で、北原白秋が大好きで、とくにこの詩が大好きで、ときどき私にも聞かせてくれた人がいるのを」

「誰だ……誰なんだよ」

「私たちの担任の先生」

「ぼくたちの担任？」

一瞬、間をおいてから、朝比奈は信じられないという口調で言った。

「……筒井先生だっていうのか！」

瞬間的に、朝比奈の脳裏に中学三年時代の担任教師・筒井美智子の姿がフラッシュバックしてきた。

――朝比奈たちが三年のときに、他の中学から赴任した筒井先生。

——二十五、六の若さで、専門は理科で、朝のホームルームのときから、もう白衣を着ていた筒井先生。

——いつも髪を後ろで束ねて『マジメ眼鏡』をかけていた、化粧気のない筒井先生。

——でも、あらためて卒業アルバムで見返したとき、ハッと驚くほど美人であることを発見した筒井先生。

——内気で、はにかみやで、いつも生徒たちにからかわれ、イジメられて泣いていた筒井先生。

——生徒の親からも新米教師とあなどられ、高校受験を控えてピリピリしている母親たちから、毎日のように、指導の仕方が未熟だ、不勉強だ、とても任せられない、と吊るし上げをくらい、はては担任交替の要求まで学校に出されてしまった筒井先生。

——ただ、朝比奈のことは可愛がってくれた筒井先生。

——そして、朝比奈も大好きだった筒井先生。

(あのヒステリックな金切り声からは想像もつかないが、でも、いま詩を口ずさんだ優しい声は、なるほどいわれてみれば、筒井先生かもしれない)

(だけど……)

すぐに否定的な考えが浮かび、朝比奈はそれを声に出して言った。

「でも、筒井先生がぼくらをこんな目にあわせるはずがない。だって、そうだろ。クラスで先生の味方といえば、ぼくと浜野さんと島さん——この三人くらいじゃないか。あの人のいい久本ですら、調子にのって先生をからかったりするほうに回っていたんだから。彼らを殺すならともかく、あの先生がよりによってぼくら三人を……」

「それは私もそう思います」

由紀絵が言った。

「私も筒井先生が大好きだった。とっても恥ずかしがりやで、人前に出るのが苦手で、傷つきやすくて、人と争うことができなくて……まるで、私をそのまま大人にしたみたいな先生でした。どうして学者にならないで先生になってしまったんだろうと、不思議に思えるくらい。だから、とっても親しみをおぼえて、私は放課後、先生がいる理科室によく遊びに行きました。そして……そこで一人で泣いている先生もよく見かけました」

由紀絵は、島宏美も話していたむかしのエピソードを口にした。

「ですから、あの筒井先生が私たちにこんなことをするなんて……信じられません。それは朝比奈さんと同じ気持ちです。でも、その筒井先生が、北原白秋の詩が大好きだったことも、たしかなんです。とくに、いま口ずさんだ『トラピストの牛』が……」

これまで恐怖のためかずっと沈黙を保っていた浜野由紀絵が、一気にしゃべった。

それは、朝比奈に対してというよりも、闇の中にひそんでいる相手に聞かせるためだと思えた。そうでなければ、気弱で口数の少ない由紀絵が、この状況下でここまで語りつづけることはありえない。

（そういえば、浜野由紀絵は、担任の筒井先生を姉のように慕っていたな）

朝比奈は思い出した。

（だけど、どう考えたって、あの筒井先生が人殺しなどするはずが……）

と、反論しかかったとき、朝比奈はあることに思い当たり、おもわず「あ」と声を出した。

（筆跡だ……招待状に書かれた筆跡。そして、北原白秋の詩集にあった書き込みの筆跡。あの流れるような美しい筆跡は、たしかに筒井先生の字じゃないか！）

手書きでプリントされる理科のテストや、通知表の連絡事項などに書かれた美しい字を見て、素敵だなあと思ったことが朝比奈は何度もあった。

そして、この洋館へ朝比奈を誘った奇妙な文章は、まさに、その筒井先生の筆跡で書かれていたものだったではないか。

「筒井先生」

闇の中のどこにいるかわからない相手に向かって、朝比奈は大きな声を張り上げた。

「ほんとうに、あなたは筒井美智子先生なんですか」

朝比奈の声が石造りの内壁に反響する。

そして、その残響が消えたとき、静かな答えが返ってきた。

「そうよ」

肯定する短い答えが返ってきて、朝比奈は愕然となった。

姿を見せない女の声は、かつての担任、筒井美智子であることを認めたのだ。

「ひさしぶりね、朝比奈君……浜野さん」

ああ、と朝比奈はうめいた。間違いない。闇の奥から語りかけてきたのは、十五年前、毎朝教壇に立って出席をとっていた、あの筒井先生の声である。

当時二十五、六だったから、いまは四十を出たところだろう。しかし、その声は若々しく、ほとんどあのころと変わっていなかった。

「こんな形であなたたちと再会するとは思ってもみなかったけれど」

「先生、これはいったいどういうことなんですか！」

声のした方角に向かって朝比奈は問いただした。

その声には、さきほどまでの恐怖と緊張に代わって、怒りが含まれていた。

「かつての教え子を殺すとは、どういうつもりなんです。しかも、宏美さんは……島さんは、先生のことを好きだったんですよ！」

「朝比奈君……あなたは本当に推理作家になってしまったのね」

『声』は、いったん朝比奈の詰問をはぐらかすように言った。

「中学校のころ、毎日グラウンドで汗を流している陸上部員のあなたを見ていたら、将来はどこかの企業所属の陸上選手となって、いろいろな競技会で活躍するのだろうと思っていたのに、推理作家になるとは、先生、思ってもみなかったわ」

「このさい関係ないでしょう、そんなことは」

朝比奈は、強い姿勢を崩さずに言った。

が、『声』は穏やかな調子で反論した。

「それが関係あるのよ、朝比奈君」

「どういうふうにです」

「私、あなたの本の広告を新聞で見て、ああ、あの朝比奈君がミステリー作家になったとは、と信じられない思いだったわ。最初は同姓同名の人だろうと思った。でも、ほんとうにあなたが推理作家だとわかって……それで、一つの考えが浮かんだの。朝比奈君に、私の計画に協力してもらおうと」

「先生の計画に、ぼくが協力を？」

「はじめに断っておきます」

筒井美智子の声は言った。

「私は冷静です。冷静かつ正常です。熊谷さんの名前を騙って、あなたのところに奇妙な招待状を送ったのも、夜中に変な電話を入れたのも私です。でも、それは私の精神状態がおかしいためではなく、あなたをここへ誘うためです」

「…………」

朝比奈は、無言で『声』を聞いていた。

相手がすぐそこにいながら、姿が見えず声だけするというのは、まったく不思議な感覚だった。なにか、人間というよりも魂と対話しているようだった。

「どうやれば推理作家・朝比奈耕作の興味を引けるだろうと考えた末のやり方があれでした。というのも、どうしても朝比奈君にこの場にいてほしかったからなんです。浜野さんや島さんといった女の子だけでは——あ、ごめんなさい、もう『女性』と呼ぶべき年齢だったわね——女性たちだけでは、興奮して取り乱して、すべての計画がめちゃくちゃになってしまう恐れがあった。だから、落ち着いて事態を分析できる人に、ここにいてほしかった」

「落ち着いた分析ができる、ですって？　冗談じゃないですよ」

朝比奈は怒った。

「ぼくだってじゅうぶんに興奮しているし、じゅうぶん取り乱していますよ。そうでしょう、熊谷さんが殺され、そして真っ暗闇の中で島さんが殺された。その状況をぼくに、どうやって落ち着いて分析しろというんです」

「島さんは死んでいません」

「え？」

筒井美智子の言葉を、朝比奈は聞きとがめた。

「島さんは死んでいない？」

「そうよ。二匹目の金魚は死にました、と言ったけれど、それは彼女のことではないの」

「でも、島さんの声が急にしなくなったじゃないですか」

「彼女は眠っているだけよ。とっても古典的なやり方だけど、三塩化メタンを嗅がせて眠ってもらいました」

「三塩化メタン？」

「そう、化学式は $CHCl_3$。推理作家のあなたにはクロロホルムといったほうが通りがいいかしら」

担当科目である理科の講義でもするような口調で、筒井美智子の声が語った。

「これは揮発性の液体だけれど、アルコールに溶かすことによって安定させられるの。むかしの探偵小説には、よくハンカチにクロロホルムを染み込ませて気絶させるというのがあるでしょう。ようするにあれと同じことをしたんだけれど、ちゃんと手加減は考えているわ。程度を誤ると麻酔状態が行き過ぎて呼吸マヒを起こすし、濃度の高いクロロホルムを皮膚に接触させると、火傷を生じることがあるの。探偵小説の登場人物は、こんな気配りなしに簡単にクロロホルムを嗅がせるけれど、現実はもっと微妙な配慮が必要なんです。島さんのような美女の顔に薬品で火傷をさせたらかわいそうでしょう」

「すると、ほんとうに島さんは殺されていないんですか」

「彼女は驚いて首でも締められたような声を出したけれど、あれは薬品を染み込ませた布を口にあてられたときの声よ。しばらくすれば意識が戻るはずです」

「でも、なぜそんなことをしたんです。彼女を眠らせた目的は何です」

「彼女を守るためです」

「守るため？」

「この暗闇で、浜野さんもだいぶ精神的に追い込まれていたけれど、むしろ、一見しっかり者の島さんのほうが、錯乱寸前の状態になっていた。彼女の表情を見れば、それは明白です」

「表情を見れば、って……先生は見えるんですか。この暗闇の中で」

「見えます」

きっぱりと『声』は答えた。

「どうやって見えるんです」

『サルボヤン』という名前の、旧ソ連製暗視スコープを持っているの」

ああ、やっぱり、と朝比奈は思った。そういったものがなければ、相手にも余裕は生じないはずである。そして、この手の機械は通信販売などで意外と簡単に手に入る。

「これは赤外線を照射して、真っ暗闇の中でも本が読めるような機械よ。ただし、この洋館の中のように、まったくといっていいほど外光が入ってこない状況では、赤外線照射装置のボタンを押しっぱなしにしていないと見えません。だから、機械をヘッドセットに固定して、両手を自由にした状態でも、赤外線照射ボタンを押したままにしておけるように工夫をこらしました」

淡々と説明する口調が、朝比奈にとっては不気味だった。

「ただし、照射装置を押している間は、小さい音だけれど、装置が起動する独特のノイズが出ます。いちおう防音カバーはつけているけれど、完全にノイズは消せない。それをカモフラージュする意味もあって、詩の朗読や歌劇のテープを流したり、朝比奈君の拍手に合わせてこちらも手を打ったりしたの。いい？　耳をすませていてごらんなさい」

キュイーンという高いサイクルの音がした。さきほど、一瞬だけ耳にした音だ。

「朝比奈君はいま、髪の毛に片手を突っ込んでいるわね。短くスポーツ刈りにしているころから、考え事をしたり緊張したりするときに、頭に手をやるのがあなたの癖だった」

朝比奈は、ハッとなって片手を引っ込めた。

完全に相手にはこちらの動きが見えていた。

しかも、オートフォーカスのカメラが暗闇で焦点を合わせるときに赤色光を照射するのとちがって、暗視スコープの場合は、相手方には光線のたぐいがまったく見えない。だから、依然として朝比奈には筒井美智子の居場所がつかめなかった。

「話を戻しましょう」

筒井美智子の声が言った。

「島さんの表情をこの暗視スコープで見て、これはいけないと思ったわ。理性の糸が急にプツンと切れる、とね。このままだと島さんは、窓を割って外に向かって助けを求めかねない。そういう興奮した行動をとられては困るから、彼女にはちょっとだけ眠ってもらうことにしました。島さんは外科の女医さんだそうですから、意識を取り戻したら、自分が何をされたか見当がつくはずよ」

「でも、窓を割ったら……やっぱり死ぬんですか」

由紀絵がたずねた。

「ほんとうに、そういう仕掛けがしてあるんですか」

「割ってみればわかるわ」

筒井美智子の声は、含みのある言い方をした。

「では先生、島さんが気絶しているだけだとするなら、二匹目の金魚が死んだというのは、あれはたんにぼくらを脅えさせるための言い回しだったんですか」

朝比奈がきくと、ちょっと間をおいてから、返事が返ってきた。

「一匹目の金魚は熊谷さんでした。でも、二匹目の金魚は島さんのことではないわ」

「じゃあ、誰なんです」

「そのうちわかるわよ」

「それは、二人目の犠牲者がもう出ていることを意味するんですか」

「もちろん」

朝比奈の質問に対して、筒井美智子の声は、間をおかずに答えた。

「その二つ目の死体がここにあるんですか」

「ええ」

「どこに」

「夜明けがくればわかるわ」

『声』は、またも持って回った言い方をした。

「つまり、筒井先生がすでに二人を殺したということなんですね」

「そうです。でも、二人とも苦しみは少なかったはずよ。殺す前に、ちゃんとクロロホルムを嗅がせていますからね」

恐ろしいほど冷静な返事だった。

由紀絵がふたたび黙りこくってしまったのは、おそらく強烈な恐怖心がまた戻ってきたからだろうと朝比奈は思った。

「先生は、いつ熊谷さんを殺したんです」

「最初に島さんがやってくる直前、午後三時少し前ね」

「彼女もここに招待されていたんですか」

「ええ、そうよ」

「先生はなぜ熊谷さんを殺したんです。そして、なぜ熊谷さんの名前を騙ってぼくらをここに呼び寄せたんです」

「後のほうの質問から先に答えるわ」

『声』が響いた。

「あなたたちも承知のとおり、熊谷さんは三年の秋に学校を去りました。それ以来、彼女と交流のあるクラスメイトは、ほとんどいないはずです。だからこそ、彼女の名前を使うことにしたんです。なぜならば、朝比奈君にしても、浜野さんにしても、島さんにしても、手紙の主の熊谷須磨子と連絡をとろうにも、その方法がない。だから、招待状の真意を知るには、ともかくここへ直接来るしかないわけよ。私は、どうしてもあなたたち三人をここへ呼び寄せたかったの」

　では、三人を呼び寄せた目的は何か——その疑問もあったが、まずは熊谷須磨子の殺害について、事実関係を明確にすべきだと朝比奈は思った。

「でも先生、ぼくは久本からこう聞いたんです。熊谷須磨子はもう死んでしまっている、と。しかもその情報は、島さんから出たものだと」

「それは、久本君が私の話を鵜呑みにしたんです」

『声』は答えた。

「彼とクラス会の打ち合わせをしたとき、私が適当な嘘を言ったのよ。熊谷さんが死んだらしいと、島さんから聞いた、というふうにね。熊谷さんは、あくまで死んだことにしておいてもらわないと、へたに彼女の居所を調べて接触されても困りますから」

　その答えから、朝比奈は二つの事実をくみ取った。

　第一に、クラス会の企画者は久本というよりも、筒井美智子であった可能性が強そうだということ。

　第二に、筒井先生は熊谷須磨子の現在の連絡先をなんらかの方法で知っていた、ということである。

「そういえば……」

朝比奈がたずねた。

「熊谷さんが卒業アルバムに載っていたのはどういうわけです。彼女は三年の秋に海外へ転校したわけでしょう。それなのに、転校生がなぜアルバムの寄せ書きに直筆でメッセージをしたためているんですか。しかも、いつまでも先生のことを忘れません、などという文面で」

「彼女は転校していないんです」

「熊谷さんが転校していない?」

意表を衝かれた答えに、朝比奈は大きな声を出した。

「でも、彼女は父親の仕事でバハマへ行ったと聞いていますし、実際、学校には出てきていなかった」

「取引があったのよ」

「取引とは」

「彼女が学校へ出てこなくなったのは、父親の海外赴任のためではないの。父親がバハマに赴任したのは事実だけれど、真相は、彼女がある日突然、精神状態がおかしくなったためなの」

「…………」

「たしか朝比奈君は熊谷さんの隣りになったことがあるから、気づいていたんじゃないかしら。彼女の精神的な不安定さを」

「独り言をしきりにつぶやくのは知っていましたけれどね」

「その他にも、ときどき妄想に襲われて、職員室に駆け込んでは妙なことを口走ったりしていたわ。その症状が、ある日、爆発的に悪くなったの。その原因が……」

筒井美智子の声が少し途切れた。

「その原因が……」

息を荒々しく吸ったり吐いたりした後、『声』は言った。

「私にあるのだ、というのが、須磨子の言い分だったの」

「先生が原因で、精神的におかしくなったというんですか」

「私が、彼女の独り言癖やいろいろな言動をあげつらって、あなたは普通じゃないっていうふうに、なじったというのよ。私はそんな非常識な行為は絶対にしていないのに」

『声』が小刻みに震えてきた。

「だけど、当の須磨子が泣きながら両親に訴え、それを受けて、両親がそろって校長に直談判に行き、こんな教師は辞めさせろ、さもないと教育委員会に告発して大問題にすると息巻いた……」

朝比奈にとっては、はじめて耳にする事実だった。

「そういった動きは、ほとんど当事者の私を抜きにして行われたわ。なぜかといえば、そのころすでに、職員の間で私に対する偏見が蔓延していたから」

「偏見て?」

「朝比奈君だって知っているでしょう、私がどれだけ三年A組の生徒や父兄からいじめられていたか!」

『声』が、ヒステリックな金切り声になった。

「おかげで、筒井美智子は高校受験を控えた大事な時期の生徒達を担任させるような器じゃないって、他の先生たちまでが陰口を叩くようになったのよ。生徒の横暴や、母親たちの身勝手さには目もくれず、悪いのはよそから赴任してきたこの新米教師だということになったのよ。だから、熊谷須磨子の件だって、学年主任の先生も教頭先生も校長先生も、誰もろくに私の言い分を聞いてくれなかった。

……けっきょく須磨子の親に押し切られる形で、いろいろな取引が成立したの。ひとつは、須磨子が神経を病んで学校に出られなくなった事実を隠すこと。そのために、表向きには父親の海外赴任に伴った転校とすること。さらに、彼女の欠席をカウントせず、すべて出席扱いとしたまま学校の卒業証書を渡すこと。これは、須磨子の履歴に傷を残さないように、という趣旨よ。そして、あの寄せ書きは、私への痛烈な皮肉」

「で、実際には熊谷さんはどうしたんです」

「数カ月自宅療養をしたあと、父親の赴任先のバハマへ行ったわよ。ただし学校は、海を隔てたアメリカ・フロリダ州の私立校に入ったらしいわ。そのあと日本に戻ってきた彼女たち一家は北海道に移り、須磨子はそこの大学を卒業した。私はずっと追跡しているのよ、彼女の足跡《そくせき》はね」

「となると、これは筒井先生の復讐劇なんですか。かつて自分を窮地に追い込んだ教え子に対する……」

返事がなかったので、朝比奈はさらにつづけた。

「だけど、それは筋違いの復讐じゃありませんか。熊谷須磨子がそこまで精神状態がおかしくなったとは、ぼくたち生徒は全然知らなかったけれど、仮に、彼女がそれを筒井先生のせいだと言い張ったところで、通常の理性を失った状態での発言なわけでしょう。それを怨んで彼女を殺すのはあんまりです。しかも、なぜ十五年経ったいまになって、復讐を急に実行しようと思い立ったんです」

「朝比奈君……」

筒井美智子の声は静かに言った。

「あなたって、推理作家なんでしょう」

「そうですよ」

「だったら、もう少し物事の奥を見極める力を持っているはずじゃないの？」

「どういうことでしょうか」

「あなたは、熊谷須磨子がそこまで精神状態がおかしくなったとは、全然気づかなかった、と言ったわね」

「言いました」

「でも、なぜ気づかなかったのだろう、と思い返してみなかった？」

「………」

「わからない？　まあ、中学三年生だったあなたに、そこまで見抜けというのは無理かもしれないわね。それに、当時の私も、それから他の教師たちも、みんな騙されていたんだから無理もないわ」

「というと」

「須磨子の精神錯乱は演技だったのよ」

物凄い怒りを込めた声で、筒井美智子は言った。

# 十五　復　讐

「それが演技だとわかったのは、彼女が日本に帰ってきて、しばらく経ってからだった。須磨子が大学時代の友人にぽろりと洩らした言葉が、めぐりめぐって、ある日、私の耳に届いた」

筒井美智子のしゃべり方が、朝比奈たちに聞かせるというよりも、独り言に近いものになった。

「その噂を聞いて、私は愕然となった。中学当時、まったく存在感のない目立たない子だった熊谷須磨子でさえ、クラスぐるみで行われていた担任いじめに、自分なりの方法で加わろうと考えたのだ。そして、当時須磨子は、親しい友だちができないなどの理由で学校がイヤになっていた。そして、登校拒否寸前のところまできていたのだが、厳格な父親と教育熱心な母親が、そんなわがままを許すはずもなく、しぶしぶ彼女は学校に通っていた。そこで須磨子は、私に対する強烈ないじめを行いながら、自分の登校拒否を実行に移す名案を思いついた。それはこうだ。

ほとんど全員の生徒から軽くみられ、からかわれていた担任の筒井美智子が、そのうっぷんを晴らすため、八ツ当たりの対象に熊谷須磨子を選ぶ。そして、須磨子を徹底的にいじめ抜き、ついに彼女は精神的に大ショックを受けて学校に行けなくなった、というストーリーにするのだ。つまり、筒井先生の精神的暴行で学校に足が向かなくなりました、という筋書きだ。そのときの筒井美智子は、生徒からも父兄からも、そして学校からも信頼を失っていた。だからきっと、先生の言い分よりも自分の悲痛な訴えのほうが信じられるに違いない、という小賢しい計算が須磨子にはあった」

「熊谷さんがそんな計略を謀ったなんて……ほんとですか」

「私が嘘をつくわけがないっ！」

美智子はヒステリックに叫び、その声が洋館の吹き抜けの天井にワンワンと響いた。

「彼女が洩らした真相を聞いて私は怒った、怒り狂った、そして狂った。私は、熊谷須磨子だけでなく、自分の教え子たちを悪魔だと思った。家庭では何の躾もされず、親から人に対する思いやりの心も授けられず、ろくに教師たちからも叱られた経験がないため自分本位に育ち、勉強さえできれば人間として優秀だと思っている——そんな子供たちに、いじめられ、いたぶられ、からかわれ、馬鹿にされ、誇りを傷つけられ、心をボロボロにされた私は何だったのか！　どいつもこいつも、陰湿な弱い者いじめを楽しむ悪魔だ。なにが純真な子供たちだ、冗談じゃない！」

美智子は金切り声でまくしたて、その勢いに朝比奈は圧倒された。

「ズタズタに踏みにじられた私の青春を、誰が返してくれるというのか！　悪魔の子供たちと悪魔の母親たちのおかげで失った、最愛の姉を、誰が……返してくれるのか！」

涙声になって語られた最後の一言が、朝比奈の耳に突き刺さった。

「生徒や母親たちのせいで最愛の姉を失った、ですって」

「あなたたち三年A組が卒業した翌年、私は担任をはずされて、ただの理科の受け持ちになった。それでも私に関する根も葉もない中傷はつづき、とうとう私のほうこそノイローゼになって休職に追い込まれた。そしてある晩、私は発作的に自殺を図った」

「…………」

「自分でもおかしくなっているのは、わかっていた。みんなが働いている平日の朝、敷きっぱなしの寝床からぼんやりとテレビを見ていたら、幼児向けの番組が童謡をやっていた。蟹の床屋が忙しそうにウサギの客を散髪するアニメが映し出されていた。チョッキン、チョッキン、チョッキンナ……チョッキン、チョッキン、チョッキンナ……いつのまにか、私はそのメロディを口ずさんでいた。口ずさみながら、知らずしらずのうちにハサミを取り出し、手首を傷つけていた。チョッキン、チョッキンチョッキンナ……。歌いながら、自分の手首を切っていた」

「いやん」

と、由紀絵の泣きそうな声がした。

「私は血だらけになってアパートの廊下に出て、住人の通報で病院に運ばれた。手首の傷そのものは大したことがなかった。でも、私が自殺未遂をしたという知らせを聞いて、親代わりに私を可愛がってくれていた五つ上の姉が、びっくりして嫁ぎ先の山梨から駆けつけてきた。

そして、私の状態を見た姉は……私の受けた身体の傷よりも心の傷のひどさに呆然となって、ある意味で私以上に大きなショックを受けた。そしてその日の夜更け、姉は、私を見舞った後、病院を出て表通りへ一歩踏み出したところを、猛スピードで突っ込んで来た車に撥ねられ、即死した。車の前方不注意もあったけれど、姉も夢遊病者のような歩き方をしていたという。三十歳の誕生日を迎えたばかりの死だった」

朝比奈は悪い夢を見ている気がした。

語り手の姿が見えないまま、暗黒世界の中でこのような話を聞かされれば、とてもこれが現実とは思えなくなる。

(まわりが真っ暗なんだから、きっとこれは夢なんだ)

朝比奈の心の中でそんな言葉がささやかれた。

が、筒井美智子の声はつづいた。

「姉の死を入院先のベッドで聞かされ、私は半狂乱になった。そして、目から血が噴き出すような思いで、姉を殺した人間を怨んだ。憎しみの対象は、姉を撥ね飛ばした運転者ではない。姉に精神的衝撃を与える根本原因を作った、熊谷須磨子を筆頭とする三年A組の生徒たちだ。あの四十一人の子供たちを憎んだ」

闇の奥から吐き出されるすさまじい口調は、担任時代の内気ではにかみやの筒井美智子の姿からは想像もつかなかった。

朝比奈は、不覚にも足が震え出すのを感じた。

彼はこれまでにも、犯罪事件の修羅場に巻き込まれたことは何度かあったが、このような恐怖を覚えたのは初めてだった。

「だから、みんなを殺してやるのだ」

「そんなのは説明がつきませんよ」

朝比奈は必死に言い返した。

「先生が苦しい思いをなさったのは、十五年前でしょう。そして、熊谷須磨子がひどい嘘をついていたとわかったのだって、ざっと十年前くらいじゃないんですか。その怨みを、なぜいまになって晴らすんですか」

「最愛の姉は三十で死んだ。もっともっとしたいことがあったろうに、見たい世界があっただろうに、二人の子供の成長を楽しみたかっただろうに、それなのに姉は三十年で……たった三十年で人生を打ち切られてしまった。三年A組の悪魔の子供たちのおかげでだ。だから私は、彼らが姉よりも長く生きることを許さない。あの素晴らしい姉を三十歳で死に追いやりながら、その元凶を作ったやつらが、もっと長く人生を楽しむのは、絶対に許さない。そのおまえたちが、いよいよ三十という年を迎えた」

「そんな……」

その言葉は、朝比奈と由紀絵の二人から同時に洩れた。

しかし、筒井美智子は耳を貸さなかった。

「私たち姉妹をこれだけ苦しめておいて、自分たちだけには幸せな未来があるなどと思うな！」

金切り声が響いた。

「子供たちの母親もそうだ。十五年前のあのとき、筒井美智子という一人の女を寄ってたかっていびった行為がどれほど残酷なものか、きちんと自覚することもなしに、幸せな老後を迎えられるなどと思うな！　人の憎しみによって、愛する身内の人間を失うことがどれだけつらいか、母親どもよ、おまえらも思い知るがいい！」

「先生！」

たまりかねて由紀絵が叫んだ。

「先生は、あのとき三年A組だった人間を皆殺しにするつもりなんですか！」

「私は準備におよそ十年かけた」

筒井美智子は由紀絵の問いかけに答えず、一方的に話をすすめた。

興奮して涙が止まらなくなったのか、すっかり鼻声になっている。

「この松濤の洋館は、姉の夫の親戚筋の資産家が持っているものだ。すでに建物は老朽化しており、いまは人も住まずに放置してあるが、いずれ建て直すつもりだという。それを聞き、私はこの洋館を勝手に利用させてもらうことにした。そして具体的な計画を練った。自分の頭の中に叩き込むため、ワープロできちんとした計画書もプリントアウトした。題名は『邪宗門の惨劇』。私の大好きな北原白秋の処女詩集の題をもじってつけた。

かの北原白秋も、処女詩集を出版する前には、『邪宗門企画書』と題する綿密な計画書を書き上げているのだ。そこには詩の構成と、本にしたときのページ数の割り当て、いわゆる台割りまでが事細かに記されていたという。私もそれにならって、詳細な実行チャートを作り上げた」

朝比奈は、よっぽど「先生は狂っている」と叫びたかった。

もしもこれが朝比奈自身の書くミステリーだったら、おそらく彼は登場人物にそう叫ばせただろう。

しかし、喉から出かかったその言葉をとどめる何かが、朝比奈の心の中で動いていた。それは、過去の情景である。

生徒たちは遊び半分のつもりだったのだが、とにかく心優しい内気な新人女性教師をいじめるのがクラスの日課のようになっていた——その過去の日々が、朝比奈の脳裏によみがえってきた。

いったい筒井美智子は何度教壇で立ち往生し、何度生徒たちの前で泣いただろう。そして、何度みんなに「お願いだから、いたずらはやめて」と懇願し、何度「先生の話をちゃんと聞いて」と声を振り絞りながら訴えたことだろう。

だがその言葉は、生徒たちによって、ことごとく無視された。

あの人のよい久本一郎ですら、先生いじめの筆頭に立つ矢島健三の部下となって、ホームルームや理科の授業の直前になると、へらへら笑いながら、黒板に筒井先生のヌードを連想させるような卑猥な絵を描いたりしていたのだ。

朝比奈耕作と浜野由紀絵と島宏美だけが、その輪に加わらなかったが、かといって、筒井美智子の積極的な支援者となっていたかといえば、それはノーだった。

子供は残酷である。

とりわけ中学生は、小学生よりも悪知恵が働き、高校生ほどの理性は持たない。非常に危険な世代である。

悪意なしに人を傷つけ、傷つけた意識なしにその事実を忘れる。

天使という言葉にたとえられてきた幼い子供が、やがて成長し、悪魔の素顔を垣間見せるのは、たしかに中学時代である。

親は、子供に悪魔的側面が発現したことが信じられない。なぜなら、自分たちもそうした時代があったことを、やはり意識していないからだ。

そして、ときとして子供の邪悪な行動を、学校のせいにして口をぬぐう。どんな子供でも一度はとおりかかる危険な道なのだという認識なしに、これは教師の教育責任か、友だちが悪いのだ、という論旨になるのである。

そうした子供たちと母親たちの両方から責められ、毎日地獄のようなつらい日々を暮らし、手ひどい嘘もつかれ、周囲からの信用もなくし、ついには童謡を歌いながら自殺を図るところまで追いつめられたこの哀れな女性教師を、「狂っている」という言葉のもとに非難してよいのか。

もちろん、そんなことはできない、と朝比奈は思った。

暗闇のどこかにたたずんでいる筒井美智子に対し、狂気の殺人者として脅えるのではなく、いまこそ理解を示してあげなければならないのではないか。

筒井美智子が、突然、モノローグのような断定調の言葉づかいに切り変えたのも、生来の彼女の資質である優しさを意図的に押し隠そうとしているためではないか。

そう考えてくると、憎悪と怨恨に満ちた言葉を吐きつづけるかつての担任教師が、あわれに感じられてならなかった。

「先生……」

朝比奈が黙りこくっている代わりに、浜野由紀絵の声が響いた。

「それで、先生はこれからどうされるつもりなんですか。やっぱり……私たちも殺されてしまうんですか」

「浜野さん……私が苦しんでいるときに、あなたが優しい言葉をかけてくれたことを一生忘れないわ」

筒井美智子は、急に本来のしゃべり方に戻った。

「それから、朝比奈君の心遣いもね」

そう言われても、朝比奈は自分がどんな心遣いをしたのか思い出せなかった。いま筒井美智子が吐露した苦悩に比べれば、きっと自分が担任教師にみせたかもしれない心くばりなど、大したものではなかったように思えた。

「島さんも、浜野さんと同じくらい優しい女の子でした」

美智子はつづけた。

「この三人だけは、ずっとずっと先生の味方でいてくれたわね。だから、先生はあなたたちが大好きでした」

いつのまにか、十五年前の先生と生徒の会話になっていた。

朝比奈は、暗闇の奥に佇む筒井美智子の姿が、そこだけ蠟燭の明かりでぼうっと照らし出されたように明るく浮かび上がる幻影を見た。

そのまぼろしに現れた筒井美智子は、十五年前、朝比奈たちの中学に赴任してきた、ひっつめヘアにマジメ眼鏡をかけた、生真面目でシャイな新任女性教師そのままだった。

沈黙が流れた。

わずか数秒の沈黙だった。

が、その間に、朝比奈耕作の脳裏に、電撃のように真相の構図がひらめいた。

いったい何のために筒井美智子が、朝比奈耕作、浜野由紀絵、島宏美の三人を、この洋館に幽閉したのか。それが読めたのだ。

「唯一、私が心配だったのは……」

担任の筒井先生の声がつづけた。

「あなたたち三人が、十五年前のあの素直な性格のままでいてくれるかどうかでした。卒業してからいままでの十五年で、ひょっとしたらまるで別人のように変わっているかもしれない。それが先生は怖かった。だから、暗闇に閉じ込め、極限状態でどうなるかを試してみたのです。私は三人を時間差で招くことにより、おたがいに疑惑が生じるスキを作ってみました。熊谷さんの死体が発見された時点で、三人が、自分以外の二人を疑い出すのは目に見えていた。そこで、包み隠しのない人格が出ると思ったのです。
浜野さんと朝比奈さんからすれば、当然、最初から洋館にいた島さんが怪しいと思
う。その一方で、浜野さんと島さんからすれば、いちばん後からきた朝比奈君こそ、
ほんとうは殺人犯人だと思ったかもしれない」
「私は全然そんなふうには思いませんでした」
きっぱりとした由紀絵の声が響いた。
「私は、朝比奈さんを疑ったことなど一度もありません」
「そう……」
筒井美智子の短い応答には、微笑が含まれているようにも思えた。
「それから、相互不信の仕掛けはまだあるの。あなたがたが気づいたかどうか知りま
せんけれど、浜野さんの靴だけが泥に汚れていないのよ。これは、玄関前にわざとぬ
かるみを作っておいて、浜野さんがくる時間帯だけ、そこに板を渡しておいたの。こ
れによって、医者としての観察眼、あるいは推理作家としての観察眼が、浜野さんに
対する疑惑を見いだすかもしれなかった。浜野さんこそ、ずっと洋館の中にひそんで
いたのではないか、というふうに」
朝比奈は、なるほどそうかと思った。けれども、朝比奈を全面的に信じてくれてい

る由紀絵の手前、自分が彼女を疑ったこともあった、とは言えなかった。

しかし――朝比奈は思った――筒井美智子が三人を幽閉したのは、なにも三人の性格テストをやるためなどではない。もっと根本的な目的があったのだ。

それは、いままでの朝比奈にはまったく盲点となっていた。

(推理作家だからこそ……)

朝比奈は、内心複雑な気分だった。

(ぼくが推理作家だからこそ、密閉された館に招待客を幽閉する犯人の意図が、なかなか見えてこなかったんだ)

中世の貴族の館を思わせる広大な洋館。そこを開けてみると蠟燭の光の海が広がっており、そして閉ざされた扉は二度と開かない。ワーグナーの歌劇『タンホイザー』を序奏に、金切り声で女が北原白秋の詩を朗読し、やがて暗黒が訪れると、血まみれの死体が発見される。

このような状況に陥れば、当然、つぎは三人の誰かが殺されると思う。そして、犯人は一見被害者風の三人の中にいるかもしれない、とも思う。朝比奈耕作が推理作家だからこそ、そうした展開を読み、架空の世界での舞台進行どおりに現実も運んでしまうのではないか、と恐れていたのだ。

しかし、真相は違った。

たしかに犯人すなわち筒井美智子は、熊谷須磨子を刺し殺し、さらにつづいて殺人を企てている。彼女の言を信じるなら、すでに二人目の殺人も行われた模様である。だが、犯人は朝比奈たち三人を殺すために洋館に閉じ込めたのではなかった。じつは、その逆である。

犯人は、朝比奈たち三人だけは殺したくなかったから、この洋館に閉じ込めたのだ。

なぜか——

朝比奈たちは三人とも、あと十数時間後に開かれるクラス会に出席を予定していた。そのクラス会に絶対に出させないよう、筒井美智子は三人をここに幽閉したのだ。

では、なぜクラス会に出させたくないのか——

答えはひとつしかない。

筒井美智子は、朝比奈耕作、浜野由紀絵、島宏美の三人が巻き添えになって死ぬことを避けたかったから……裏を返せば、あと十数時間後に隅田川の屋形船で行われるクラス会で、犯人は、三年A組にいた面々の大量殺戮を考えている、ということではないか！

「先生」

朝比奈はつとめて静かな声で言った。

「十五年ぶりのクラス会というプランを言い出したのは、久本ではなくて、筒井先生だったんですね」

「………」

「そうでなければ、あれだけ三年A組にいやな思い出しか残っていない先生が、クラス会に出てくるはずがありません。これは復讐のためのクラス会なんです。先生のお姉さんが亡くなった三十歳という年齢――その年を迎えた、あるいは迎えようとしている、かつての教え子たちを一堂に集め、そこで一挙にお姉さんの仇をとってしまう。屋形船でのクラス会という発案は先生だったけれど、うまく久本を言いくるめて、あたかも彼が言い出したようにしてしまった。そうでしょう」

「………」

「隅田川の屋形船で、いったいどんなことをするつもりなんです。船の爆破ですか。それとも、食事に毒薬を混ぜる方法ですか」

「………」

「先生は、ぼくたち三人だけはその大量殺戮に巻き込みたくなかった。だから、ここに閉じ込めたんですね。そして、自分が本気であることを示すために、熊谷さんだけは、ぼくらの目の前で殺してみせた」

「朝比奈君」

いままで返事をしなかった筒井美智子が、毅然とした声で言った。

「十字架が飾ってある祭壇の場所を手探りで見つけなさい。さきほど北原白秋の詩集が載せてあった場所です」

「それで、どうするんです」

自分の投げかけた質問に答えが返ってこないので、やや不服の色を声に出しながら、朝比奈がたずねた。

「その祭壇の中央が、フタのようになっていて、そこから地下室へ通じるようになっています」

「地下室？」

「そこに、いままで先生は隠れていたのです」

筒井美智子の声が言った。

「その地下室には別の階段が設けられていて、そこから直接外へ出ることもできます。ただし、鍵は私が持っているので、あなたたちには開けることはできません。でも、地下室には、いまも蠟燭の火が灯っています。そして食料も水もあります。それからお手洗いもね。先生は決してあなたたちを飢え死にさせるつもりはありません。ただ、少なくとも今夜まで――つまり、日曜日の夜までは、外に出したくありません。もちろん、三人のご家族がどれだけ心配なさるか、それが気がかりですけれど、夜が明けて朝が来て、朝がすぎて昼になり、そして日が落ちて再び夜がやってくるまでは、ここにいてもらいます。島さんの面倒も忘れずにみてあげてくださいね。心配はなにもいりませんから」

「先生……」

由紀絵の声がした。

明らかに、その声は泣いていた。

「先生、やめてください……クラス会に集まってきたみんなを殺すなんて、やめてください」

「いいえ、やめられません」

優しい『声』が答えた。

「もう、私は二人も人を殺してしまいました。一匹目の金魚は突き殺し、二匹目の金魚は締め殺してしまったのですから」

「二匹目の金魚とは、誰のことなんです」

朝比奈がきくと、筒井美智子は小さな声で言った。

「矢島君よ」

それは、筒井先生いじめのリーダー格の生徒だった。

「熊谷さんと矢島君――この二人だけは、特別扱いで殺したかった。彼の死体は、この洋館の裏手の木に吊り下がっています。外からはすぐに見つからない位置にね。クロロホルムの効果だけでも、じゅうぶん呼吸マヒに近い状態になっていたけれど……」

「そんなことをしたって、過去は変わりません！」

由紀絵が訴えた。

「お願いです。私たちの大好きだった筒井先生の思い出を、こんな形で壊さないでください」

「浜野さん、そんな美しすぎる思い出なんて壊してちょうだい」

自嘲的な声だった。

「私だって、十五年間悩んだのよ。こんな怨念を抱きながら生きていくのがよいとは少しも思っていない。いつかは、忘れられる出来事ではないか、とも思っていた。でも、やはりあの一年で受けたつらい仕打ちは、どうしても頭にこびりついて離れなかった。それ以上に、姉の死は忘れられなかった。人生の中では、時の流れが解決しない出来事もあるということなのよ」

「でも……」

「浜野さん、言ったでしょう。もう、私に教育者の幻想は求めないで」

筒井美智子はピシッと突き放した。

「先生だから、という一言でモラルを押しつけられるのは嫌いです。教師である以前に、私は人間です。ひとりの人間として受けた耐え難い屈辱は、理性では消し去れないのです。時の流れでも消し去れないのです。どんなに周りの人が私の行為を非難してもいい。理解しがたいと首をひねってもいい。私は、憎しみと悲しみを耐えながら余生を過ごしたくはないのです……それじゃあ、さよなら」

「待って、先生！」

由紀絵が叫んだ。

「暗闇の中でも見える装置を持っていらっしゃるなら、それで私の顔を見てください。悲しくて悲しくて、いっぱい泣いている私の顔を見てください……。もう言葉では何も言えないから、私を……見て……」

沈黙が漂った。

由紀絵の嗚咽がつづいた。

と、キュイーンという高いサイクルの音がした。

筒井美智子が、暗視スコープの赤外線照射装置を起動させた音だった。浜野由紀絵の顔を見つめている音だった。

数秒間、キュイーンというノイズがつづいて、またその音が止んだ。

朝比奈は、筒井美智子の言葉を待った。

浜野由紀絵がけなげに訴える顔を見て、何と言うのか、その反応を待った。

が──

瞬間的に正面の出入口が開き、そしてすぐにまた閉じた。小柄な人影が、するりとドアの間を抜けていくのが、シルエットで見えた。

「しまった!」

朝比奈は叫んで、一瞬垣間見えた出口の方角めざしてすっ飛んでいった。

手探りで、重厚な樫の扉を探しあてた。

急いでそれを押した。

引っぱってもみた。

しかし、扉はもうビクともしなかった。

「だめだ……」

その場に座り込むと、朝比奈はつぶやいた。

「筒井先生は行っちゃったよ。ぼくらに、顔も見せないで……」

# 十六　金魚を三匹捻じ殺す

手探りでようやく地下室への入口を探り当て、蠟燭の火を灯したのが午前一時半だった。

しばらくしてから、島宏美が意識を取り戻した。そして、地下室においてあったクッキーとジュースで飢えをしのぎながら、夜が明けるのを待った。

午前六時をすぎてから、いままで墨色に染まっていた細長い窓ガラスを、朝の光が淡い灰色に変えていった。

三人は、熊谷須磨子の死体からできるだけ遠いところに集まって座り、時が過ぎていくのを待った。

飢えや渇きの心配はなくなったが、三人はこれまで以上に無口になった。

七時がすぎ、八時がすぎ、九時がすぎて十時になった。

そして十一時——

朝比奈耕作が意を決したように口を開いた。

「このまま、むかしのクラスメイトを見殺しにすることはできない」

その言葉に、うつむきかげんだった二人の女性が顔をあげた。

「窓を割ろう」

　朝比奈が言うと、三人が同じ方角の窓を見つめた。

「ぼくは、筒井先生を信じたい。先生は、ぼくらをここにとどめておきたいから、何も特別な仕掛けをしていないのに、『窓を割ったら死ぬ』などと脅していたんだ。島さんに麻酔薬をかがせたのも、その脅しに信憑性を与えるためだと思う。だって、よく考えてごらん。ここから逃げ出そうと考える人間は、最初からぼくたち三人しかいないんだ。間違ってぼくたちが死ぬかもしれない仕掛けなんて、あの筒井先生が作るはずもない」

朝比奈はそこで言葉を切って、二人の反応を待った。

島宏美あたりから慎重な意見が出るだろうな、と朝比奈は思っていた。

ところがそうではなかった。真っ先に宏美が朝比奈の意見に賛同した。

「私も朝比奈君の意見に同感」

すっかり汚れてしまった赤いスーツの埃を片手で払いながら、宏美は確信をもった口調で言った。

「筒井先生が、私たちを死に陥れるはずはないわ」

「私もそう思います」

ワンピースの胸元に垂れている長い髪をギュッとつかんで、浜野由紀絵も言った。

「私たちは筒井先生を大好きだったし、筒井先生も私たち三人を大好きでいてくれた。それを信じて、窓ガラスを割りましょう。きっと先生は、どんなに警告しても、私たちがこういう行動に出るのを予想していると思う。逃げ出すためではなくて、クラスメイトを助けるために、そうするのを……」

「よし、三人とも同じ意見なら迷うことはない」

朝比奈は立ち上がった。

そして、いちばん近くの窓際へ行き、そばにあった鉄製の燭台を取り上げると、一秒たりともためらわずに、それをふりかざして窓ガラスに叩きつけた。

宏美も由紀絵も、確信に満ちた表情で朝比奈の行動を見守っていた。

朝比奈は、十六分割されている窓を、たてつづけに四枚割った。そして、燭台を片手に下げたまま、何かが起きるのかどうか、その場にじっと佇んだ。

何事も起きなかった。

朝比奈は、二人の女性と目を合わせてうなずくと、割れた窓ガラスから、声を限りに叫んだ。

「助けてくれー！」

午後六時——

朝比奈が洋館に閉じ込められてから、あと一時間で、まる一日が経とうとしていた。

日中は、辛うじて薄明かりが入っていた洋館も、ふたたび闇に包まれ、燭台に差した数本の蠟燭の炎だけが、オレンジ色に揺らめいていた。

朝比奈は喉を嗄らし、すっかり力尽きて窓際の壁に背をもたせて、絶望的な表情で天井を仰いでいた。

三人は、都会の無関心をイヤというほど思い知らされていた。

朝の十一時からついさっきまで、交代で助けを求めつづけても、この高級住宅街では誰ひとり反応する者がいなかった。風が出てきて、洋館を取り巻く木々がザワザワと大きな音を立てはじめたのも大きな妨げになった。

朝比奈はヤケになって、手が届くかぎりの窓ガラスを割りつくし、四方から叫んでみたが、それでも反応はなく、かえってそこから吹き込んでくる風が、蠟燭の光を吹き消しそうになった。

「クラス会、昼の一時からだったよな」

朝比奈が独り言のようにつぶやいた。

「だめかな……もう」

由紀絵たちの返事はなかった。

由紀絵は涙で目を真っ赤に泣き腫らし、宏美は怒ったような顔をして、風にはためく蠟燭の炎を見つめていた。

「みんな死んじゃったんだろうか」

　重ねて朝比奈がつぶやくと、

「絶対にそんなことはないわ」

　と、由紀絵が涙声で応じた。

「私……筒井先生を信じている。二人を殺してしまったところまでは先生も後戻りが利かないと自分で覚悟していただろうけれど、きっと私たちと話して、心が変わったはずだと思う」

「そうだね」

　宏美がポツンと言った。

「先生はいままでは、自分がどれだけ苦しんできたのかということを聞いてもらえる相手もいなかったんだと思う。だから、しゃべって少しは楽になったはずよ。もちろん、そのことだけで計画を変更する気になるかどうか、それはわからないけど……でも」

　宏美は由紀絵の顔を見つめて言った。

「私は気を失っていて知らなかったけれど、由紀絵の最後の訴え――それは、きっと先生の心を動かしたんじゃないかな。そう信じたいよ、私……」

そして、それから十分後——

奇跡が起こった。

外に通じるもう一つの封鎖された出入口である地下室の扉が開き、そこからどやどやと二十人あまりの人間が入ってきた。

その騒々しさに、ぐったりと床にへたり込んでいた朝比奈たち三人は、弾かれたように立ち上がった。

最初は警察かと思った。浜野由紀絵の両親あたりから捜索願を出された警察が、ようやくこの洋館を探し当てて、鍵を壊して入ってきたのかと思った。

だが、そうではなかった。

「朝比奈！」

地下室の階段を上って祭壇の上に出てきた男が、燭台をかざしながら駆け寄ってきた朝比奈を見て叫んだ。

「久本じゃないか」

朝比奈も驚きの声を上げた。

クラス会の幹事役を務める久本一郎が、この洋館に入ってきたのだ。

それだけではない。地下の階段からぞろぞろと見慣れた顔が——たまに会う顔もあれば、十五年ぶりに見る顔も登場した。

男もいる。女もいる。

みんな立派な大人になっていたが、どこかに中学時代の面影を残した者ばかりである。

「浜野さん!」「宏美!」

と、声をかける女性たちもいた。

後ろのほうから階段を上がってきた連中は、待ち切れなくなってドタドタと足音高く駆け上がってきた。

二十七人いた。

朝比奈たちを加えて三十人になった。

「どうなってるんだ」

「どういうことなんだ」

朝比奈と久本が同時にたずねた。

洋館に入ってきた彼らは、カーテンの裾になかば隠れている熊谷須磨子の死体にはまだ気づいていない。外の木に吊るされているという矢島健三の死体にも、気づいていなかった。

「みんな……みんな三年A組の仲間じゃないか」

信じられないという思いで、朝比奈は祭壇の周りにそろった二十七人の顔を、一人ずつ蠟燭の明かりで照らしていった。

「助かったのか？　無事だったんだな、みんな」

「無事？　何いってるんだよ、朝比奈」

「だからクラス会だよ。どうなったんだ、クラス会は」

「ああ、盛り上がったぜ。四十一人のクラスでこれだけ集まったんだからな。十五年ぶりの会合だっていうのに」

久本は、後ろに控える仲間たちをふり返って言った。

「じゃあ、予定通り隅田川の屋形船で……」

「もちろんさ。飲んで食ってカラオケで騒いで、貸し切りの船遊びもなかなか風流だなって、みんなで喜んでいたんだ」

「ほんとに予定通り……何事もなく済んだんだな」

「予定通りじゃなかったのは、出席の返事を出していた朝比奈たち三人が来なかったことと、肝心の言い出しっぺの筒井先生が来なかったことだよ」

「筒井先生が来なかった？」

朝比奈は、由紀絵と宏美をふり返って、顔を見合わせた。

「ほんとうはさ、今回のクラス会は筒井先生から言い出してきたことなんだよ。さすがにおれはびっくりしたけどね。だってなあ、わかるだろ。いろんないきさつがあったから」

「ああ……」

「でも、なぜか先生が熱心なんだよな。でも、先生が言うには、自分から呼びかけるのもおかしいから、久本君が発起人という形でやってくれ、って。そう頼まれたんだ」

「それで」

「それで、って？」

「だから、筒井先生がどうして来なかったんだ。連絡もなしに急にキャンセルしたのか」

「一度は電話があったよ、今朝ね。ずいぶん早かったよなあ、朝の七時ごろだったかな。まだ寝てたもん、おれ」

「それで」

朝比奈は、一刻も早く事のなりゆきを聞きたいという顔で、久本をせっついた。

「きょうのクラス会には何人くらい出席するのか、っていう問い合わせだった。だから、多少変更はあるかもしれないけど、三十人くらいですよ、と答えといたんだけど、そのあと、なんだか口ごもっているんだよなあ。何かを言いたいんだけど、言い出せない、って感じで……」

久本は、物珍しげに洋館の内部を見回しながら、さらに話をつづけた。

「で、あんまり間がもたないんで、おれ、ほんとうはギリギリまで秘密にしておこうと思っていたことをしゃべっちゃったんだよ。これ、他のみんなにも言ってなくて、屋形船に集まったところで事後承諾をもらうつもりだったんだけどね。じつは、クラス会の会費の中から少しずつ出し合って、みんなで筒井先生にプレゼントを贈ろうっていうことになっていますから、楽しみにしていてくださいね、と話したんだ」

「筒井先生に贈り物を……」

「うん。あんまり高いものもかえって気をつかわせるから、フランス製のスカーフにしたんだ。その話を聞いて、先生はすごく驚いたみたいなんだよ。どうして私に贈り物なんて、とね。だから、おれは答えた。だって先生、ぼくらは三年のときに、すごく先生に迷惑かけたじゃないですか。いまから考えると、ほんとにとんでもないことをしたなって、みんな反省しているんです。だから、おわびの意味をこめて贈らせてください、ってね。そうしたら、先生は絶句していた」

「…………」

「で、おれはもう一言つけ加えた。先生にプレゼントを贈ろうと、最初に言い出したのは誰かわかりますか。贈り物を渡すときに、みんなで先生に頭を下げてむかしのことを謝ろう、って、言い出したやつがいるんですよ。誰だと思います。先生に対していちばん反抗的だった矢島ですよ——そういったとたん、筒井先生、電話口でおいおい泣き出しちゃうんだよ。いや、おいおいなんて表現じゃ追いつかないな。もう号泣だった。感動したというのを通り越して、本気で悲しくて泣いているみたいで、おれ、うろたえちゃってさ」

朝比奈は、あぜんとした表情になった。

由紀絵がすすり泣きをはじめた。

宏美も目に涙を浮かべている。

「なんだか収拾つかなくなったまま電話は切れたんだけど」

事情を知らない久本はつづけた。

「その肝心の先生が、隅田川に来なかったんだよ。それだけじゃなくて、贈り物のスカーフを持ってくるはずの矢島もな。それに、朝比奈、浜野さん、島さん……この五人が欠席しちゃってさ、このことだけが画竜点睛を欠いたって感じだったけど」

「それで……」

朝比奈はカフェオレ色に染めた髪に手を突っ込み、苦渋に満ちた顔でたずねた。

「ここへは、どうやって」

「うん、四時すぎに屋形船を降りると、船宿に筒井先生からのメッセージが残されていた。封筒に入ったメモがね」

「すると、先生はクラス会をやっているすぐそばまで来ていたのか」

「らしいね」

久本はうなずいた。

「ぼくらが屋形船で盛り上がっているときに、そっと船宿を訪れて、一通の封筒を置いていったらしいんだ。それがこれなんだけどね」

手渡された封筒を、朝比奈は蠟燭の明かりで読んだ。

あの、流れるように美しい字で書かれた短いメッセージだった。

《急用ができました。せっかくの集まりなのに参加できなくてごめんなさい。みんなにお願いがあります。会合が終わったら、同封した地図を参考に、渋谷の松濤という場所にある洋館をたずねてください。表のドアは鍵が掛かっていますけれど、裏口から地下室へ通じる扉の鍵をここに添えておきます。それで中に入ってください。そこには、朝比奈君と島さんと浜野さんが待っています。きっと三人から大事な話があると思います。それをクラス会に参加したみんなで聞いてください。

最後に――

みんな、ありがとう。そして、ごめんなさい。

それしか言葉はありません》

＊　＊　＊

筒井美智子の自殺死体が発見されたのは、ちょうど元三年A組の面々が朝比奈たちから衝撃の真相を聞かされていた午後七時すぎのことだった。

練馬区光が丘にある団地の最上階から、一人の女性が飛び降り自殺を遂げた。

屋上に残された遺書には、その団地に住む本人の身元と、親族の連絡先、そしてごくごく短い一文――『金魚を三匹捻じ殺す』――が記されていた。

彼女が愛した北原白秋とはちがって、筒井美智子は、自分の犯した罪を乗り越えて生きることはできなかった。

遺体は、落下の衝撃で首がねじれたようになっていたが、しかし、死に顔は驚くほど穏やかだった。

遺族の要望で、遺体は生家の山梨で荼毘に付されることになり、しかも彼女のおかれた立場上、葬儀はごく内輪の密葬形式で執り行われた。

そのために、朝比奈たちは、最後まで筒井美智子の現在の姿と対面することができなかった。

暗闇の中から聞こえてきたあの声と、そして十五年前に見た、あの優しく恥じらうような若き新任教師の笑顔だけが、朝比奈の記憶に残った。

洋館裏手の木立に吊るされた矢島健三の、ジャンパー内ポケットにしまわれていたリボン付きの包装紙――それにくるまれたスカーフが、筒井美智子の亡骸とともに灰となり煙となって空に昇っていったのは、惨劇から二日経った秋晴れの午後のことだった。

《引用作品》

『金魚』　　　　　　（童謡集『トンボの眼玉』より）

『あわて床屋』　　　（同右）

『序楽』　　　　　　（処女詩集『邪宗門』朱の伴奏　より）

『邪宗門秘曲』　　　（処女詩集『邪宗門』魔睡　より）

『赤き僧正』　　　　（同右）

短歌五篇　　　　　　（歌集『桐の花』哀傷篇　より）

『十人の黒坊の子供』（翻訳童謡集『まざあ・ぐうす』より）

『トラピストの牛』　（詩集『海豹と雲』海豹と雲　より）


《参考文献》

『近代の詩人　五　北原白秋』編・解説　中村真一郎　潮出版社

『北原白秋　近代詩のトポロジー』横木徳久　思潮社

本書は一九九三年十二月に刊行された角川文庫を底本としています。

なお、本書に引用された北原白秋の訳詩には「黒坊」という今日では差別的な言葉が使われておりますが、作品の構成上、また、訳者・著者が故人であることから、そのまま引用していることをお断りいたします。

（編集部）

邪宗門《じやしゆうもん》の惨劇《さんげき》

吉村達也《よしむらたつや》

角川ホラー文庫　21468

平成31年２月25日　初版発行

発行者――――郡司 聡
発　行――――株式会社KADOKAWA
〒102-8177　東京都千代田区富士見2-13-3
電話 0570-002-301（ナビダイヤル）
印刷所――――旭印刷株式会社
製本所――――本間製本株式会社
装幀者――――田島照久



KADOKAWA　カスタマーサポート
［電話］0570-002-301（土日祝日を除く11時～13時、14時～17時）
［WEB］https://www.kadokawa.co.jp/（「お問い合わせ」へお進みください）
※製造不良品につきましては上記窓口にて承ります。
※記述・収録内容を超えるご質問にはお答えできない場合があります。
※サポートは日本国内に限らせていただきます。



◇◇◇

ISBN978-4-04-107969-0　C0193